新 潮 文 庫

果　断

—隠蔽捜査２—

今 野　敏 著

新 潮 社 版

8865

果断

隠蔽《いんぺい》捜査2

1

職場が変わったからといって、生活の習慣が変わるわけではない。竜崎伸也《りゅうざきしんや》は、警察庁長官官房の総務課長から大森署の署長に異動になってからも、まったく変わらない朝の儀式を続けていた。

まず、コーヒーを飲みながらスポーツ新聞を含む五紙に眼を通す。特にスポーツが好きなわけではない。スポーツ紙を取っているのは、時折一般紙を出し抜いてスクープを掲載することがあるからだ。

妻の冴子《さえこ》は朝食の用意をしている。朝食は必ず和食だ。味噌汁《みそしる》と漬け物だけでもいい。とにかく和食でなければだめなのだ。その点だけは譲れない。

新聞を読みながら食事をする。結婚したばかりの頃は、冴子はこの習慣を嫌がった。

なくなった。

だが、竜崎にとっては必要なことだった。いつしか、冴子は諦《あきら》めたらしく文句を言わなくなった。

異動になって一番面倒だったのは引っ越しだった。それまでは都心のマンションに住んでいたのだが、そこは、警察庁の職員のための官舎だった。

警察署長は署長用の官舎に入らなければならない。竜崎も冴子も引っ越しには慣れている。キャリア組の警察官僚は頻繁に異動を繰り返す。二、三年で動くことも珍しくはない。

だから、いつしか家の中には最低限のものしか残らなくなっていった。どこの家でも、昔の日記とか、子供が小さな頃のアルバムなどの思い出の品が溜《た》まっていくものだ。竜崎はもともとそういうものにあまり執着がなかったので、今生きる上で不要なものは引っ越しのたびに捨てていった。

アルバムなどは、段ボール箱に入れっぱなしで、引っ越しの際にはそのまま運べばいいようになっていた。というより、引っ越しの回数が多すぎて、荷解きが面倒だったのだ。昔買った本なども、段ボール箱に入れっぱなしになっている。

子供たちも引っ越しに関しては文句は言わない。いずれ退官したらマンションでも買おうと思っている。それまではどこか一所に落ち着くことなど望むべくもない。

署長官舎は一戸建てではなく、マンションの一室だった。なかなか高級なマンションだ。警察庁時代に与えられたマンションよりはるかに立派だった。間取りも広く、造りも頑丈そうに見えた。もちろんオートロックだ。

冴子がダイニングテーブルに朝食を並べた。漬け物とアジの干物、味噌汁にご飯だ。

竜崎は新聞に眼をやったまま食べはじめる。

長女の美紀《みき》が起きてきた。あわただしくダイニングテーブルに着き、朝食を食べはじめた。

「もっと落ち着いて食べなさい」

竜崎が言った。

「時間がないの。会社説明会に遅刻するわけにはいかない……」

「ならば、早く起きればいい」

「はいはい……」

夏が過ぎて、美紀の就職活動も佳境に入っている。今日も朝からいくつかの会社を回るらしい。

ふと美紀が手を止めて言った。

「お母さん、だいじょうぶ？　顔色が悪いわよ」

竜崎はその言葉に驚いて、妻の顔を見た。たしかに、いつもより顔色が悪い。朝起きてからずいぶんと時間が経《た》っているが、まったく気づかなかった。

「ちょっと、胃の具合がね……」

「無理しないで、寝てなさい」

竜崎が言った。

「あたしが寝てたら、あなた朝ご飯を食べられないでしょう？」

「もう朝食の用意はできている。だから、寝ていいと言ってるんだ」

「ちょっと、お父さん、その言い方ってないでしょう？」

美紀が竜崎を睨《にら》んだ。竜崎はぽかんと娘を見返した。

「なぜだ？」

「朝食の用意が済んだらもう用はないから寝ろってこと？」

「料理を始める前に母さんの不調に気づいたら、別の対処法があったかもしれないが、実際にもう朝食のしたくは終わっているんだ」

「どうしてもっと早く気づかなかったのよ」

「新聞を読んでいた」

美紀は冴子に言った。

「お母さん、本当に休んでいたほうがいい。病院に行ったら?」

「だいじょうぶよ」

竜崎は言った。

「病院に行くなら、警察病院にしなさい。警察幹部の家族のプライバシーが外部に洩《も》れる危険は極力避けなければならない」

美紀が目をむいた。

「そんな心配より、お母さんの体のことを心配するべきでしょう?」

「心配はしている」

竜崎は時計を見た。「だが、父さんは医者じゃないから、どうすることもできない。だから、父さんがすべき指示をしているんだ」

「まったく、お父さんったら……」

「おまえ、急いでいたんじゃないのか?」

美紀は竜崎の言葉に、あわててご飯をかきこみ荷物を持って玄関に走った。

「いい? お母さん、病院行くのよ。行ってきます」

ばたばたと出て行った。

「俺も出かける。横になっていなさい」

「そうね。そうする」

「何かあったら、すぐに電話をするんだ」

「たいしたことはないわよ」

妻が精彩を欠いている。それだけでずしりと気分が重くなる。気がかりだが、出勤の時間だ。竜崎は官舎を出た。


署長室は一階にある。交通課と警務課がフロアの大部分を占めており、その奥が署長室だった。

竜崎が進む先々で部下が立ち上がり挨拶《あいさつ》をする。正面から来る者は必ず脇《わき》によけて道を譲る。

久しく忘れていた感覚だった。竜崎は若い頃に警察署長を経験している。群馬県警の中規模の警察署だった。

国家公務員試験上級甲種（現在はⅠ種）合格者である有資格者は、若い頃に現場を回って研修を受けるが、その総仕上げが署長勤務だった。いわゆる若殿研修だ。

今でこそ、こうしたお飾りの署長という人事は少なくなった。だが、竜崎が若い頃には若いキャリアが警察署長をやらされたものだ。なんと無駄な人事だろうと思いながらも、決して悪い気持ちはしなかった。

なにせ、自分よりはるか年上の警察署幹部がぺこぺこしてくれるのだ。こうした経験がキャリアの間違った自尊心を育てるのかもしれないと、竜崎は本気で考えていた。今は四十六歳。警察官僚としての経験も積んできた。若殿研修時代の署長就任とは違う。もっと実のある仕事ができるはずだと思っていた。

「今日の予定です」

制服に着替えるタイミングを見計らって、斎藤治《さいとうおさむ》警務課長がやってきて告げる。

「予定は把握している。毎朝報告に来ることはない」

竜崎がそう言うと、斎藤警務課長はひどく困った表情になった。

「いえ……、でも、それが習慣ですから……。署長のお仕事というのはどれをとっても重要ですので、万が一お忘れになると困りますので」

四十五歳と、ほぼ竜崎と同じ年齢の斎藤は、階級は警部だ。ノンキャリアだから、そこそこ出世したほうだろう。

だが、課長としては少々頼りないかもしれない。周りの顔色を気にしすぎる嫌いがある。警察署に部という組織はない。署長の下が副署長で、その下に課が置かれる。

つまり、課長というのは、署内ではそれなりの権限を持っている。

周りの顔色をうかがうということは、それだけ気配りができると考えることもできる。署内の庶務を一手に引き受ける警務課の課長としては適任なのかもしれない。

竜崎は手渡された予定表を見て、思わずうなった。

「この公園の落成式というのは、何だ？」

「あ、お話ししていませんでしたか？」

「今初めて聞いた」

斎藤課長の眉間《みけん》のしわが深くなる。

「それは失礼しました。いや、こういうことがあるので、毎朝スケジュールの確認をしませんと……」

「それで、これは何なんだね？」

「管内にできた新しい公園で、落成式には区長や区議会議員も出席なさいますので……」

「テープカットでもやるのかね？」

「段取りは区のほうに任せてありますが……」

「その後の防犯対策懇談会というのは、たしか、管内の小中学校の教師やＰＴＡとの会合だったな？」

「はい」

「地域課か生安課《せいあん》の課長のほうが実務的な話ができるはずだ」

「もちろん、地域課からも出席させます」

「ならば、それで充分だろう」

「いえ、やはり署の立場としましては、署長に出席していただき、防犯対策に力を入れているという姿勢を強調しませんと……」

警察署の面子《メンツ》のために出席しなければならないということだ。

「では、事前に地域課や生安課からレクチャーを受けたい。実際の防犯対策がどうなっているのか知っていなければ会合に出席する意味はない」

「いえ、そういう実務的な話はすべて地域課長のほうからすることになっています」

自分はただ間抜けな顔をして座っていればいいということか。

「せめて、地域課長が説明する内容を知っておきたい」

「それなら、書類にしてあります」

署長室には、幹部会議ができるようにテーブルと椅子《いす》が用意されている。そのテーブルの上に、おびただしい数のファイルがのっている。

半端《はんぱ》な数ではない。書類を綴《と》じたクリップファイルがぎっしりと詰まった決裁箱が四つ並んでいる。それに眼を通して決裁の押印《おういん》をしなければならない。

その数は一日で七百から八百。そのファイルの中に、地域課長がまとめた書類が紛れているということだ。

八百もの決裁というのは、一日八時間の勤務ではとうてい処理しきれない。内容の確認などせずに押印することになる。それでいいのだという。手続き上、署長印がなければ物事が完結しないというだけのことだ。

担当係官の印、係長の印、課長の印、そして署長の印。それがそろっていないと書類として認められないのだ。それだけのことのために、署長は机に縛りつけられ一日の大半を押印に費やすのだ。

もっと真剣に取り組むべきことがあるように思えてならない。だが、実務は課のレベルでこなしているし、大きな事案になれば、方面本部や本庁《ホンブ》の指揮下に入ることになる。

現場の人間にとってみれば、署長が机にしがみついていなければならない状況というのは、ありがたいに違いない。捜査に素人《しろうと》の署長がやってきて見当違いな指示を出すと、現場は混乱する。

それはわかる。だが、このままでいいはずがない。

竜崎は署長に就任して以来、改めなければならないことをチェックしつづけていた。この決裁書類の多さもその一つだ。

「重要なことは、口頭で説明するようにしてくれ」

竜崎は、斎藤課長に言った。「ファイルの表紙を見ただけでは、私にはどれが重要なのか、あるいは急務なのかということはわからない」

斎藤課長は一瞬口ごもった。何か言いたいことがあるようだが、課長が署長に逆らうことなど、警察社会で許されるはずもない。

「わかりました」

「それは、署長名ですべての課長に徹底させるんだ。例外は許さない。指示に従わない者がいたら、厳しく処分すると言っておいてくれ」

「はい」

「では、さっそく地域課長からの説明を聞こう」

「移動の車両の中ではいけませんか？」

斎藤課長が申し訳なさそうに言う。「ちょうど、当番の引き継ぎの時刻でして……」

竜崎は時計を見た。

地域係は四交替の当番制だ。ちょうど夜勤から日勤への引き継ぎの時間だった。

「移動の車両の中というのは、なかなか良いアイディアだ」

竜崎は言った。「無駄な時間を節約できる」

斎藤課長はほっとした顔になった。

「では、他に何かなければ、私はこれで……」

「ああ。ごくろうさん」

斎藤課長は深々と礼をして署長室から退出した。

竜崎は、テーブル上の決裁箱の一つを机に移し、ファイルとの格闘を始めた。つい、書類を読んでしまいそうになる。だが、いちいち読んでいては、時間がいくらあっても足りない。

なるべく機械的に判を押していかなければとても処理しきれる数ではない。

現在の警察組織の実態では、警察署長は、指揮者ではなく管理者に過ぎない。だから、捜査本部や特別捜査本部ができても、警察署長は捜査幹部に名を連ねるが、本部にとどまることはまずない。

自室で判子を押さなければならないからだ。重要事案より判子押しなのだ。こんなばかなことがあるだろうか。

なんとかしなくては。そう思いながらひたすら、判を押しつづけた。

2

昼食もそこそこに、押印《おういん》を続ける。もともと、竜崎の食事は実にあっさりとしている。車に燃料を補給する作業とそれほど違いはないと思っている。

プライベートのときは別だ。竜崎だって人並みにうまいものを心ゆくまで味わいたいと思う。だが、勤務中は仕事以外のことにはまったく関心がなかった。

その日も六階の食堂で、ざるそばをかき込んだだけだった。

午前中すべてを費やしたが、ファイルは三分の一も片づかない。若殿研修で署長をやったときも、たしかに多くの決裁すべき書類はあったが、これほど多くはなかったように思う。

法令が改正されるたびに作成する書類が増えるような気がする。警察庁にいる時代から書類にはうんざりしていたが、所轄署《しょかつしょ》の現状はさらに絶望的だ。

もうじき公園の落成式に出かけなければならない時刻だ。

そう思っていると、ドアをノックする音がした。斎藤警務課長だ。

「署長、そろそろおでかけの時間です」

「わかっている」

斎藤課長は、ドアを閉めようとした。

「ああ、開けておいてくれ」

「よろしいのですか?」

怪訝《けげん》そうな顔をする。

「ああ、公務中はプライバシーなどないからな。風通しをよくしたほうがいい」

「はあ……」

竜崎は書類仕事にいったんケリをつけて、出かけることにした。

副署長の席に行き、貝沼悦郎《かいぬまえつろう》に声をかけた。

「次長、出かけてくるので、後を頼みます」

貝沼は、五十六歳の警視だ。年齢は竜崎より十歳上だが、二階級下だ。ノンキャリアで、警視まで登り詰めたのだから、出世頭の一人といっていいだろう。

髪は半白だが、眼光は鋭い。やせ型で彫りが深く、若い頃はさぞかしハンサムだったろうと思わせる風貌《ふうぼう》だが、今はひどく頑固な印象がある。長年警察で苦労をしたせいだろうと、竜崎は思っていた。

「いってらっしゃい」

貝沼副署長は、顔を上げたが、にこりともしない。

彼は、竜崎に対して愛想がよくなかった。キャリアでしかも警視長の署長を煙たく思っているのかもしれない。

だが、竜崎はそんなことはまったく気にしていなかった。嫌われていようが好かれていようが、任務さえちゃんとこなしてくれればまったく関係ない。

だいたい副署長というのは、署長をよく思っていないものだ。お飾りの若殿研修の時代の名残でもある。事実上署内を統括しているのは自分であり、マスコミの対応もすべて自分がやっているという自負がある。たしかにサツ回りの記者たちは、署長ではなく副署長にまとわりつく。

竜崎にとってはありがたい話だった。警察庁時代は、長官官房の総務課長で、マスコミへの対応を一手に引き受けていた。マスコミの関心の持ち方は、所轄署どころの騒ぎではない。だから、マスコミ対策には自信があったが、自ら進んで面倒なことを買って出る必要はない。

斎藤警務課長に見送られ、駐車場の署長車に乗り込む。すでに、運転手役の制服警官が待っていた。

「君は交通課か？」

竜崎は若い制服の警官に尋ねた。

「はい。そうです」

「安全運転で頼むよ」

「もちろんです」

車が出発するとすぐに無線が入った。署外活動系、いわゆる署活系の周波数で各移動局に呼びかけている。

高輪《たかなわ》署管内で強盗事件が発生したという。被害にあったのは管内の消費者金融だ。実行犯は三人組だ。

「緊急配備《キンパイ》です」

運転手役の交通課係員が言った。

竜崎は迷わなかった。緊急配備となれば、警察署幹部は何を置いても持ち場にへばりついていなければならない。

「すぐに署に戻ってくれ」

「よろしいのですか？」

「かまわない。あとの対応は斎藤課長に任せる」

署長車はすぐに署に引き返した。竜崎はまっすぐに署長室に戻った。斎藤課長があわてて後を追ってきた。

「どうなさいました？　公園のほうは……」

「キンパイだ。対象の署のすべての署員が駆り出される。署長といえども例外ではない。公園の落成式の主催者には、事情を説明して出席できなくなったと伝えてくれ」

「こちらはだいじょうぶです。区長や区議が出席なさるのです。公園のほうにいらしたほうが……」

「公園の落成式と緊急配備の指揮と、どちらが警察署長の仕事だと思う？」

「いえ、それは……」

「議論している余裕はない。情報をすぐに集約してくれ」

「すでに次長が対処なさっています」

二度手間になるということか。

「では、次長にここに詰めるように言ってくれ」

斎藤課長は反論を諦《あきら》めた様子で署長室を出て行った。

すぐに貝沼副署長がやってきた。

「お呼びですか？」

「次長がここにいれば、報告の二度手間を防ぐことができる。情報をすべて署長室に集約するんだ」

貝沼はあいかわらずにこりともせずにうなずいた。

「では、刑事課長もここに詰めさせることにします」

正式には、刑事組織犯罪対策課というのだが、長ったらしいので昔ながらに刑事課で通っている。

竜崎はさらに指示した。

「地域課長と交通課長も呼んでくれ。無線係を一人置いて、ここの無線で対応させるといい」

署長室にも無線機が置いてある。署外活動系と方面系の二系統の無線機があり、電話を合わせれば緊急配備には充分に対処できるはずだ。

緊急配備となれば、休憩中の署員もすべて呼び出されて逃走した被疑者の身柄確保に全力を上げる。今かかっている仕事も一時棚上げにして街に出て犯人検索をやるわけだ。

地域課は自転車や徒歩で受け持ちの地域をパトロールし、交通課は必要に応じて検問を行う。私服たちも外に出て犯人を探す。

「現場は高輪《たかなわ》署管内だということだな?」

竜崎は貝沼副署長に尋ねた。「どこなんだ?」

「高輪三丁目です」

竜崎はぴんとこなかった。

「高輪署は、第一方面だ。第一方面本部とわれわれ第二方面の両方にキンパイがかかったということか?」

「高輪三丁目ですよ」

貝沼副署長は、念を押すように言った。「このあたりの所轄では、みんな慣れっこです」

「どういうことだ?」

「高輪三丁目というのは、品川駅前のことですよ」

そこまで言われてようやく気づいた。知識は持っていた。だが、実感がなかったのだ。品川駅というのは、港区にある。品川駅周辺は高輪署管内だ。

おおざっぱに言うと、港区、中央区、千代田区あたりの警察署が第一方面、品川区、大田区あたりが第二方面だ。

つまり、事件は第一方面と第二方面の境目付近で起きたことになる。双方に緊急配備がかかって当然なのだ。

まだまだ、現場の感覚に慣れていない。竜崎は自分を戒めた。貝沼副署長がちょっとばかり勝ち誇ったような表情になったが、竜崎は気にしなかった。他人からどう思われるかより、これから先、自分がどうなれるかが問題だった。

三人の課長たちがほぼ同時にやってきた。会議をするときのようにテーブルを囲んで座らせる。

竜崎は交通課長に尋ねた。

「検問の手配は済んでいるね？」

「はい。まず、署の目の前で検問をやります」

「目の前で？」

「そうです。大森署は、まさに産業道路と第一京浜の分かれ目である大森陸橋の脇《わき》に建っていますからね。陸橋に入る前を押さえれば、手間が減ります」

「それから？」

「環七を押さえています。環七から湾岸道路や首都高速湾岸線に逃げられる恐れがありますから……」

「環七の逆方向、つまり目黒・世田谷方面への押さえはどうだ？」

交通課長は一瞬口ごもった。

「そちらへ逃走する可能性は少ないと判断しました」

「そんなことはないと思う。もし、犯人グループが第一京浜を逃走してきたとして、環七で曲がる場合、湾岸方面へ行く可能性と目黒・世田谷方面に行く可能性は五分五分だと思うが……」

交通課長の顔が少しばかり青くなった。

「すぐに手配します」

「それから、わが署の目の前で、犯人グループが産業道路と第一京浜の二手に分かれたとしたらどうする？」

「二手に……？」

「犯人は複数だ。しかも、一台の車で逃走しているという情報はまだ入っていない。複数の車に分乗している恐れもある」

「了解しました。道が分岐した先で検問を設けます」

課長が署長室を出て行こうとした。部下に指示を与えるためだろう。竜崎は言った。

「かまわないから、ここの電話を使いなさい。いちいち部署に戻るのは時間の無駄だ」

「はい」

交通課長は、恐縮した様子で署長机の電話を取り、内線で指示を始めた。

その間、貝沼副署長がじっと竜崎のほうを見ていた。竜崎は視線に気づいていたが無視した。竜崎のやり方を独断専行と思っているのではないだろうか。

ひょっとしたら、今まではかなり大きな権限を持っていたのかもしれない。副署長というのはそういうものだ。その権限を竜崎に奪われたと感じているのではないだろうか。

だが、そんなことを気にする竜崎ではない。副署長に任せきりにしていても、いずれ決裁が必要になったら、署長のところに情報を上げなければならないのだ。

こうして署長室に小規模な指揮本部を設けたほうが効率がいい。

「地域課のほうはどうなっている?」

「人着《ニンチャク》が届いていますので、それを伝えて重点警らを行っています」

人着というのは、人相着衣の略だ。

「幹線道路を逸《そ》れて、路地に紛れ込んだら、地域課の出番だ。くれぐれも抜かりのないように」

「はい」

「刑事課は?」

「捜査車両をすべてかき集めて、対応しています。主要な駅にも捜査員を張り付けています」

その対応に問題はなさそうだと竜崎は思った。

各課の連絡が、無線で入ってくる。そのたびにメモが副署長の元にやってくる。

課長あての電話も入ってくる。地域課長が電話で怒鳴っている。

「ばかやろう。そんなのは後回しだ。キンパイ中だぞ」

「どうした？」

思わず竜崎は尋ねた。

「どこかの小料理屋で喧嘩《けんか》があったという知らせがありました」

「後回しにしていいのか？」

「それしかないでしょう。手が足りません」

「しかし、放置はできまい」

「喧嘩というのは係員が行っても、事件にならないことが多いのです。本来住民同士で解決するべき問題ですから……」

「傷害事件か殺人に発展することもある」

刑事課長が言った。

「全署員が抱えている事案を一時棚上げにしてキンパイに対処しているんです。休憩中の者も明け番の者も引っ張り出されている。喧嘩など放っておいていいでしょう」

竜崎は、貝沼副署長に尋ねた。

「どう思う?」

貝沼副署長は、無表情のままこたえた。

「署長が判断なさることだと思います」

竜崎を立てているようでいて、うまく逃げたと見ることもできる。

「わかった」

竜崎は言った。「地域課長の言うとおりにしよう。だが、キンパイが解けたら、必ず事後の確認に誰かを行かせてくれ」

「了解しました」

それから、約一時間後、犯人グループのうち二人の身柄を確保したという知らせが入り、緊急配備は解除された。

実際、一時間以上の緊急配備はあまり意味がない。一時間以上経《た》ったら、犯人は逃走あるいは潜伏したと考えなければならない。捜査本部を設けるなりの次の対処を検討すべきなのだ。

緊急配備の解除とともに、署長室内の緊張も解けた。署の活動を通常どおりに戻すことができるのだ。

すぐに詳報が入ってきた。二名の実行犯は、車で逃走中のところを、目黒区柿の木坂付近で身柄確保された。碑文谷《ひもんや》署の管内だ。

「三人のうち、二人の身柄を確保できたんだ。残りの一人も時間の問題ですね」

刑事課長が、表情を和らげて言った。

「身柄確保が碑文谷署管内ということは、残りの一人もそのあたりにいる可能性が大きいな」

地域課長が刑事課長に応じた。

ふと、竜崎は副署長が浮かない顔をしているのに気づいた。だが、すでに緊急配備は解除され、大森署はもう強盗の事案とは関係がなくなったはずだった。

竜崎は、副署長の態度を気にしないことにした。何か気になることがあるのなら、報告すればいいのだ。何も言わないということは、竜崎が気にする必要はないということだ。

竜崎は課長たちに持ち場に戻るように言った。そのとき、交通課長の顔色が先ほどよりさらに悪くなっているのにも気づいたが、それも無視することにした。

警務課長に公園の落成式がどうなっているか尋ねた。

「祝賀パーティーが始まっていると思いますが、出席なさいますか？」

「それは、二十人以上が出席する立食パーティーなのか？」

斎藤警務課長は、はっとした顔になった。

「確認します」

祝賀会といっても、竜崎が出席できないものがある。「国家公務員倫理規程」のせいだ。供応接待は厳しく禁じられている。

供応接待をはじめ、金品、物品、不動産の贈与や無償貸与は無論のこと、ゴルフや麻雀《マージャン》などの遊技や旅行は割り勘であっても禁じられている。

会食も禁じられている。例外は、二十人以上の立食パーティーなのだ。

平成十二年四月から施行されたこの「国家公務員倫理規程」は、当事者の間ではすこぶる評判が悪い。国家公務員は常識の範囲内での付き合いもできないということになる、と。

だが、竜崎はこの規程は当然のことだと思っていた。飲み食いやゴルフで関係団体と親睦《しんぼく》をはかる必要もなければ、そういう手段で情報を収集する必要もない。

世間のことを知らなければ的確な指示が出せないという警察官僚もいるが、竜崎にいわせれば、その程度の者は警察官僚になるべきではない。一生現場にいればいいのだ。

国家公務員がすべきことは、現状に自分の判断を合わせることではない。現状を理想に近づけることだ。そのために、確固たる判断力が必要なのだ。竜崎はそう信じている。世俗の垢《あか》にまみれる必要などない。指揮官に求められるのは、合理的な判断なのだ。

斎藤警務課長が戻ってきた。

「お座敷での食事会だそうです」

「では、出席できない。次は、小中学校の教師やPTAとの防犯対策懇談会だな」

竜崎は時計を見た。「三十分後に出発する」

「わかりました」

斎藤警務課長が部屋を出て行くと、竜崎はむなしい押印《おういん》の作業を再開した。

そこに、副署長が交通課長を伴って現れた。

「どうした？」

「さきほどの強盗の実行犯についてですが……」

「残りの一人が見つかったのか？」

「いえ、そうではありませんが……」

「では、何だ？」

「逃走経路がわかりました。わが署の管内を通過しています。署長が予想されたとおり、第一京浜から環七に入り、目黒方面に向かったようです」

突然、交通課長が深々と頭を下げた。

「申し訳ありません」

竜崎は訳がわからなかった。

「いったい、何だというんだ」

「つまり、二人の実行犯はまんまとわが署の配備をくぐり抜けたということです。これは所轄署《しょかつしょ》としては大きなペナルティーを覚悟しなければなりません」

「ばかな」

竜崎は驚いた。「犯人二人の身柄が確保されたんだ。ペナルティーの必要がどこにある？」

「さらに……」

貝沼副署長は硬い表情のまま言った。「その二人の身柄を確保したのは、本庁《ホンブ》の機動捜査隊でした。第一、第二方面のキンパイを突破した場合に備えて、環七で張っていたとのことです。そして、その機動捜査隊の読みは当たったのです」

「ならば、それでいいじゃないか」

貝沼副署長と交通課長は、ぽかんとした顔で竜崎を見つめた。理解不能の相手を見ているような眼差《まなざ》しだ。

交通課長がふと我に返った様子で言った。

「実をいいますと、署長の指示を守れなかったのです。環七の目黒・世田谷側にも検問を設けろとのことでしたが、手配が間に合わず……」

「それは残念だったな。手配が間に合っていれば、署の近くで身柄確保できたかもしれない」

「それが……」

貝沼副署長が言った。「それが問題なのです」

「たしかに、犯人二人がわが署の近くを通り過ぎていったというのは問題かもしれない。だが、その先には機動捜査隊が待ち受けていて、犯人の身柄を確保したのだろう。ならば問題視する必要などない」

交通課長は、またしても口を半開きにして竜崎をまじまじと見つめた。信じられない言葉を聞いたという表情だ。

貝沼副署長が言った。

「おそらく方面本部の管理官が怒鳴り込んでくるはずです」

竜崎が不思議そうな顔をする番だった。

「何のために？」

「面子《メンツ》をつぶされたからです」

竜崎は思わず顔をしかめた。

「ばかばかしい」

「犯人の身柄を確保したのが本庁《ホンブ》の捜査員だったことが、火に油を注ぐことになるでしょう」

「もし方面本部の管理官が来たら、くだらないことをやっていないで、残りの逃走犯を発見することにつとめろと言ってやれ」

「とんでもない……」

貝沼副署長は良識を疑うような眼差しを向けてきた。「そんなこと、誰も言えませんよ」

「なぜだ？　面子のために所轄署に怒鳴り込んでくるなど、時間の無駄だし、意味がない。それを指摘して何が悪い？」

副署長は言葉を失って立ち尽くしていた。

警察庁にいるときも、同僚から同じような眼で見られたことが何度もあった。変人を見る目つきだ。

交通課長がおそるおそる言った。

「私はてっきり、署長に怒鳴られるものと思っていました……」

「そんな時間があったら、書類に判子を押しているよ。さあ、余計な心配をせずに持ち場に戻れ」

交通課長はほっとした顔で、貝沼副署長は肩すかしを食らったような表情で部屋を出て行った。

「ああ、ドアは開けっ放しにしておいてくれ」

竜崎はそういうとまた印鑑を手に取った。

「こう物騒な事件が続くと、親としては、安心して子供を学校に通わせられないわけです」

PTAの役員をやっている三十代半ばの男性が言った。ジーパンにスポーツジャケットという出《い》で立ちで、少しばかり髪が長く、口髭《くちひげ》を生やしている。

この時間にこういう会合に出てきているのだから普通の会社勤めではないだろうと、竜崎は思った。

3

竜崎は地域課長とともに、防犯対策懇談会に出席していた。区の施設の会議室を利用しての小規模な会合だ。出席者は、PTA役員が四名、小中学校の教師が計五名、議事進行役の区役所の職員が二名だ。

「通り魔事件も頻繁に起きているし、女の子を狙《ねら》った性犯罪も後を絶たない。警察にはもっとがんばってもらわないと……」

地域課長は、うなずいてこたえた。

「その点については、私どもも深く憂慮しております。通学路を重点的にパトロールしてほしいとのお申し入れですが、それは充分に検討したいと思います」

「学校に不審者が侵入して事件を起こすこともありました」

ＰＴＡ役員の女性が言った。年齢はやはり三十代半ばから後半。髪を栗色《くりいろ》に染めている。縁なしの眼鏡をかけており、神経質そうな印象がある。

竜崎はひそかにカマキリ女史とあだ名を付けた。

カマキリ女史は続けた。

「こうなると、どこも安心できる場所はないということになります。治安の回復は警察の責任問題でしょう」

「その点もわれわれはよく理解しております」

小中学校の教師はほとんど発言しない。この会議が早く終わればいいと、誰もが思っているように見える。

「学級崩壊の問題も深刻です」

ＰＴＡの口髭が言った。「ある小学校のクラスでは授業がまったくできないそうじゃないですか。先生に暴力を振るう小学生もいるらしい。私たちは、先生の実力に問題があるのではないかと考えているのですが、どうでしょう」

矛先が学校側に向いたので、地域課長はほっとした顔をした。

教師たちは、ひそひそと何事か相談しあった。紺色の背広を着た地味な感じの中年教師がこたえた。どこかの副校長だと言っていた。

「昨今そういう問題が増えていることは確かです。でも、私どもでは複数担任制で対処しております。問題のある生徒は、他の生徒から隔離して、まず教室内の秩序を回復する努力をしております」

カマキリ女史が疑わしげな眼を向けた。

「それは成果を上げているのですか？」

紺色の背広の教師がこたえる。

「必ずや成果を上げると信じております。学校は秩序を回復することに全力を上げております。それよりも、やはり問題なのは児童の安全面かと……。児童たちが学校にいる間は、不審者が立ち入らないように門を閉ざしたり、監視カメラを設置したりしていますが、やはり警察の力を借りないことにはどうしようもありません」

背広にノーネクタイの四十歳くらいの父兄が発言した。

「かつては、学校というのはもっと開放的なものだったがね……」

カマキリ女史がそれに応じた。

「やはり、治安の悪化がねえ……」

「訳のわからない通り魔事件も頻発していますしね……」

別のPTA役員が発言した。「警察は市民の安全を守る義務があるわけでしょう? パトロールを増やすとか、怪しい人をどんどん取り締まるとかしてもらわないと……」

またしても、矛先が警察に向いてきた。

地域課長が自信なげにこたえた。

「学校のある地域に関しては、重点的にパトロールをすることにしております」

口髭の男が竜崎に言った。

「署長さんのご意見もお聞きしたいですね。地域の安全について、どうお考えなのか」

全員が竜崎に注目した。

「警察として、できるだけのことをさせていただきます。学校地区の重点パトロール、職務質問の強化、過去の犯罪歴の洗い直し等々……」

紺色の背広の教師が竜崎に言った。

「学校との連携も考えていただかないと……。不審者が侵入したような場合、すぐに駆けつけていただくとか……」

竜崎はうなずいた。

「可能な限りのことをやらせていただきます。それはお約束します。さて、私たち警察があなたがたにして差し上げることはすでに地域課長からも私からも申し上げました。それでは、あなたがたは警察に対して何をしてくださいますか？」

全員に驚きの表情が浮かんだ。地域課長がはっと自分のほうを見るのを竜崎は感じたが、無視していた。

口髭が言った。

「署長さんのおっしゃっていることの意味がよくわからないのですが……」

わかっていないという口ぶりではない。わかっていながら、認めたくないと言いたいのだ。

「世の中の原理原則です。要求だけして済まされるというわけにはいかないでしょう。権利には常に義務がついて回ります。要求をするのなら、当然何かの責任を果たしていただかなければならないと思います」

地域課長がびっくりした顔を向けているのが気配でわかった。

「犯罪を取り締まったり、未然に防いだりするのは、警察の仕事だろう」

背広にノーネクタイの男が言った。「それをちゃんとできないというのは、職務怠慢だ」

「もちろんおっしゃるとおり、犯罪の取り締まりや防犯は警察の仕事です。ですが、それがすべてではありません。それは警察の仕事のごく一部に過ぎません。警察というのは皆さんが考えておられるよりずっと多岐にわたる仕事をしているのです」

歴史上、警察というのは権力の擁護のために存在してきた。今でこそ日本は民主警察などといってはいるが、ほんの六十年ほど前まで、特別高等警察、いわゆる特高が国体護持のために思想犯を取り締まっていた。つまり、言論弾圧をしていたわけだ。

さらに、六〇年安保、七〇年安保、学生紛争、三里塚闘争等々、警察は民衆の運動や左翼の活動をことごとく封じ込めてきた。

古今東西、警察の本質というのはそういうものだ。犯罪の捜査や防犯というのは、いってみれば付随的な役割に過ぎない。

警察官僚ならば誰でもそれくらいのことは心得ている。だが、こんな場所でそんな説明をしても始まらないことは、百も承知だ。

「でも、警察というのは、税金で働いているわけでしょう？　納税者のために働くのが当然でしょう」

カマキリ女史が言った。

「納税は憲法で定められた国民の義務です。私たちは、集められた税金と国債などを合わせた歳入の中から予算を割り当てられて仕事をしています。あなたたちから直接お金をもらっているわけではありません。納税者のために働けというのなら、私たちは高額納税者により多くのサービスをしなければならなくなります」

カマキリ女史は、悔しそうな顔をしたが、何も言い返せなかった。

税金で働いているという言葉を聞いて、教師の何人かも不愉快そうな顔をしていた。公立学校の教師なのだから当然だ。

口髭の男がまたしても挑むような口調で言った。

「では、私たちは警察のために何をすればいいというのですか？」

「巡回連絡カードというのをご存じですか？」

「はあ……？」

「地域課の重要な役割に巡回連絡というものがあります。警察官が皆さんのお宅を訪問して、防犯の心得を呼びかけたりする活動です。その際に、住所や家族構成などをご記入いただくわけです。地域課の係員が訪問した際にそれに記入していただくだけで、ずいぶんと助かります」

「それはプライバシーの侵害じゃないですか？」

「どちらかを選択するべき時に来ているのだと、私は思います」

「どちらかを選択……？」

口髭の男だけでなく、他のＰＴＡ役員や教師たちも怪訝《けげん》そうな顔で竜崎を見た。

「そう。あなたがたがおっしゃるプライバシーというものと、治安のどちらかです」

「プライバシーと治安は無関係じゃないですか」

口髭の男が言った。

竜崎は首を横に振った。

「いいえ。決して無関係ではありません。いいですか？　あなたがたは、通学途中の子供が危険にさらされているとおっしゃいました。学校にいても安心できない、と……。不審者がうろついているかもしれないと心配されていました。学級崩壊のことも懸念《けねん》されていました。しかしですね、これらは日本人が望んだ生活を実現した結果なのです」

出席者は、何を言われたかわからない様子だ。カマキリ女史が怪訝そうな表情のまま言った。

「なにをばかなことを……。そんな世の中、望むはずはないじゃないですか……」

「いいえ。間違いなく日本人は今の世の中を望んだのです。戦後の復興は、日本人の悲願でした。皆さんは、物心ついた頃から自宅にテレビがあったはずです。でも、昭和三十年代のはじめ、テレビはごく限られた家庭にしかなかった。冷蔵庫もガステーブルさえもなかった。東京オリンピックを機にテレビが普及。昭和四十年代には所得倍増。３Ｃという言葉をご存じですか？　カラーテレビ、クーラー、自家用車。それがそろった中産階級の家庭。アメリカのテレビドラマのような家庭です。それを日本人は目指した。そして実現したのです。豊かになると同時に、人々は自由を求めました。それまでは、狭い家に三世代が同居しているのがあたりまえでした。当然、子供が自分の部屋を持っているなど考えられない環境です。しかし、団塊の世代を中心に核家族化が進みます。人々は大家族から自由になることを望みました。集合住宅に親子だけで住むライフスタイルが一般化します。子供にも部屋を与えられるようになりました。ニューファミリーという言葉を覚えてらっしゃるでしょう。日本人は豊かで自由な暮らしを手に入れたのです」

口髭の男性が思案顔で言った。

「たしかに、そうですが、それが犯罪とどういう関係があるのです？」

「人々は村社会から自由になりました。村社会というのは、住民同士の関係が密な社会です。それがうっとうしいので、都会ではそういう関係から自由になろうとしたのです。それから教育の自由です。一九六〇年代の後半、若者たちは既存の権威を次々と破壊していきました。学校では教師の権威をも解体してしまった。私たちは、子供の頃、よく先生に殴られたものです。だが、学校内での体罰に目くじらを立てるようになった。学校の権威から自由になったわけです。そして、子供たちに個室を与えられるほど豊かになり、子供たちは家族から自由になった。子供の日常生活においては、家族というのはかなりわずらわしいものですからね。そう、豊かで自由な社会。今の世の中は、過去の日本人が理想とした社会なのです。その結果、何が起きたか……。地域社会の崩壊、学校の秩序の崩壊です」

会議の出席者は押し黙った。反論しようにも、その糸口が見つからない様子だ。

竜崎は淡々と続けた。

「昔は、三世代で住んでおり地域の付き合いも大切にされていました。その付き合いの大半を担《にな》っていたのは老人たちです。老人たちがネットワークを作っており、その老人ネットワークで交わされる情報が家庭で共有されていたのです。家庭というコミュニティーに老人と子供が参加していた。その情報によって不審者とか要注意人物が自然と浮き彫りにされていた。子供の通学路は、地域社会の中にあり、大人たちの眼がいつも子供たちを見守っていたのです。豊かさと自由の代償として、私たちはそうした地域社会を破壊してしまったのです。近所付き合いは面倒なものです。だから、日本人はそれから解放されることを望んだ。都市化です。昔は近所の人が勝手に庭から入って来て縁側で茶飲み話をしたものです。そこにはたしかに、あなた方の言うプライバシーはないかもしれない。しかし、明らかに、今より治安はよかった。そうは思いませんか？」

しばらく誰も口をきこうとしなかった。

「そんなことを……」

背広にノーネクタイのＰＴＡ役員が言った。「今さら言われてもどうしようもない。私たちは時代を逆戻りさせることなどできないんだ」

「逆戻りさせる必要などありません。誰もそれを望みはしないでしょう。清潔な水洗トイレ、自家用車、エアコン。おそらくそういうもののない生活など誰も望まないでしょう。今では一部屋に一台テレビがあり、家族でチャンネル争いをする必要もなくなった。子供たちは部屋にこもりっきりだから、わずらわしい家族との会話をする必要もない。しかし、考えていただきたい。チャンネル争いというのは家族のコミュニケーションだったのです」

「それはわからないではないが……」

「学級崩壊の原因の一つに、子供たちが我慢することを知らないということがあります。今の子供たちは驚くほど我慢ができない。幼い頃から我慢などする必要がなかったからです。ほしいものが自分の部屋に全部そろっている。学校で先生が体罰をすれば、親が文句を言ってくれる。何でも思い通りになると思って育ってしまったのです。思い当たる節はありませんか？」

ＰＴＡ側は急にしゅんとなってしまった。教師たちは、我が意を得たりという表情になった。

「おっしゃるとおりだと思います」

管理職らしい紺色の背広の教師が勢いを得て言った。「学校にしつけを期待されている親御さんがいらっしゃる。しつけは学校の役割ではありません。しつけは家庭でなさるものです」

「最近の先生は子供の顔色をうかがうそうですね」

竜崎は言った。「子供の背後にＰＴＡがいる。だから面倒なことは避けたい。事なかれ主義の先生が多いと聞きます。それでは、教育などできるはずがありませんね」

教師たちが驚いたように竜崎を見た。

竜崎は続けた。

「教育の基本は厳しく教えることです。ときには体罰も必要でしょう。だが、罰するときは自信を持って罰することです。親御さんが何と言おうと、それが子供のためになると信じて罰を与えなければならない。現場の先生たちはその努力を放棄しているのではないですか？」

副校長は言葉を呑《の》み込んだ。

「教育や学習について面白い意見をお持ちですね」

カマキリ女史がちょっとばかり皮肉な口調で言った。「ご本人もさぞかしお勉強されたのでしょうね」

「はい」

「失礼ですが、出身の大学はどちらですか？」

「東大法学部です」

カマキリ女史は目を丸くした。この一言は、ＰＴＡ役員に対しても教師たちに対しても効き目があった。竜崎は参加者一同をゆっくりと見回した。誰も反論しようとはしなくなっていた。

「皆さんは、ご自宅のお隣さんがどんな仕事をなさっているかご存じですか？　家族構成は？　お隣のお隣はどうです？　近所の方々と普段お話をなさいますか？」

誰もこたえない。

「お子さんとは会話をなさってますか？　お子さんが学校の行き帰りに何を見たか、誰といっしょだったか、話をされていますか？　それだけでも実は犯罪の抑止に役に立つのです。危険なものは避ける。怪しいものがあれば、地域で注意しあう。そういうことが警察にとって助けになります」

懇談会の出席者は、区の職員も含めて一様に驚きの表情だった。

時間がきて防犯対策懇談会は終わった。この後、場所を変えて懇親会があるということだったが、どう考えても二十人以上が集まる立食パーティーという条件には当てはまりそうにない。竜崎は理由を説明して丁重に断った。

帰りの車の中で、地域課長が言った。

「いやあ、冷や汗が出ました」

竜崎は、何のことかわからず尋ねた。

「なぜ冷や汗が出るのだ？」

「ＰＴＡのうるさがたを相手に、あそこまでおっしゃるのですから……」

「意見を言えといわれたからしゃべったまでだ」

「しかし、相手を見てお話しになりませんと……」

「なぜだ？」

「ＰＴＡだとか教職員などは、地域のオピニオンリーダー的なところがありますから……。敵に回すとなかなか面倒なのです」

「敵に回したつもりはない。異議があるなら、あの場で反論すればよかったのだ」

「はあ……。まあ、それは理屈ですが……」

竜崎はうんざりする思いだった。理屈以外に何があるというのだ。理屈が通っていればそれでいいではないか。

「私は何か間違ったことを言ったか？」

地域課長は、しばらく考えた後に言った。

「いえ。署長は、地域課が言いたいことを代弁してくださいました」

「それなら、いいじゃないか」

話はそれきりになった。

署長室に戻るとすでに五時近かった。もうじき終業時刻だが、判を押さなければならない書類はまだ半分も片づいていない。

警察庁時代には残業など当たり前で、家に帰れないことも少なくなかった。省庁のキャリア官僚は誰でもそうだ。

だが、警察署長の残業は考えものだ。竜崎自身は平気だが、署長が帰らないと課長たちも帰れないのだという。気にすることはないと言ったのだが、それが習慣だといわれた。

その習慣もいつか改めなければならないと考えていた。早く帰れる者は帰ればいいし、休める者は休めばいい。いざというときに使い物にならないのが一番困る。

竜崎は、またファイルを開いては判を押しはじめた。署長室のドアは開けはなったままだった。ようやくそれが定着しつつある。

署長室の外で何やら大声が聞こえる。何事かと顔を上げると、見たことのない男がずかずかと入ってくるところだった。その背後に、貝沼副署長がいる。

副署長は、いつにない緊張の面持ちだ。

竜崎は何事かと手を止めて、入ってきた男を見つめていた。

神経質なほどきっちりとオールバックに髪を決めている。紺色の背広を着ているが、その着こなしにも隙《すき》がなかった。ネクタイも定規ではかったようにきちんと締めている。臙脂《えんじ》のネクタイだ。

紺色の背広に臙脂のネクタイか。規格品のような着こなしだな。竜崎はそんなことを思っていた。

年齢は五十歳くらいだろうか。体型はそれほど崩れていない。節制を心がけているのかもしれない。目つきは鋭かった。もっとも警察にいれば、誰でも多少は目つきが鋭くなる。

その男がいきなり竜崎に向かって吼《ほ》えた。

「とんだ失態だぞ。わかっているのか」

竜崎は訳がわからず、黙ってその男を見返していた。

「私が入室したら、起立せんか」

「なぜ？」

竜崎は反射的にそう言っていた。

その男の斜め後ろから、貝沼副署長が言った。

「こちら、第二方面本部の野間崎《のまざき》管理官です」

すると、本当に方面本部の管理官が怒鳴り込んで来たということだろうか。竜崎は、あきれてしまった。

警察の現場は多忙だ多忙だと言いながら、こんな無駄な時間を使っているのか。方面本部の管理官が、所轄署《しょかつしょ》にやってくるというだけでまったく無駄な労力だ。だが、それだけでは済まない。

所轄署の係員、職員はすべて仕事を止《や》めて起立して管理官を迎えるのが習わしなのだ。方面本部の管理官が顔を出すだけで、その部署の仕事はストップしてしまう。それも無駄だ。

竜崎は、押印《おういん》を再開した。判を押しながらでも話は聞ける。

「ご用件は……？」

貝沼副署長が小さく息を呑むのが聞こえた。おそらく、方面本部の管理官に対してこんな応対をした署長は今までいなかったのだろう。

だが、無駄な時間つぶしに付き合っている暇はないのだ。

相手が何も言わないので、竜崎は顔を上げた。野間崎管理官は、真っ赤な顔をして唇を震わせていた。激怒のあまり言葉が出てこないらしい。

「何をそんなに興奮しておられるのです？」

竜崎は尋ねた。

野間崎管理官は再び怒鳴った。

「わかっているだろう。高輪の強盗犯だ。大森署の目の前を通過したんだぞ。どうして押さえられなかった？」

「キンパイが百パーセント機能するわけではありませんよ。でも、三人の実行犯のうち、二人の身柄は確保したのでしょう？　それでいいじゃないですか」

「きさま……、そういうたるんだ態度だから、犯人を取り逃がすんだ」

竜崎は押印を続けながら、言った。

「ここに怒鳴り込んでくる暇があったら、実行犯の残りの一人を発見することに努めたほうがいいのではありませんか？」

野間崎管理官が一歩近づくのがわかった。

「立てといったら立たんか」

「ご覧のとおり仕事中です。時間がいくらあっても足りないくらいなのです。あなただってそうでしょう」

「署員全員を講堂に集めろ」

竜崎はびっくりして野間崎管理官の顔を見た。

「何のために……」

「きさまも含めて、たるみきった大森署員全員に活を入れてやる」

これが現場の実情なのか。

竜崎は溜《た》め息が出る思いだった。いくら警察庁が知恵を絞って改善策を出しても、どこかでそれが骨抜きにされたり歪《ゆが》められたりする。

こうした中間にいる管理職の官僚主義や過剰な精神主義のせいだ。ここで、そんなものに屈するわけにはいかない。

「署員を集める必要はないと、私は思います。私は署を代表しているのですから、言いたいことがあれば、私におっしゃればいい」

「その態度を見て、きさまなど役に立たんことがわかった」

野間崎管理官は振り向いて、貝沼副署長に言った。「署員を講堂に集めろ。すぐにだ」

貝沼副署長は緊張しきった面持ちで、竜崎を見た。竜崎はきっぱりと言った。

「その必要はない」

貝沼副署長は板挟みの状態だ。

竜崎は、野間崎管理官に言った。

「わかりました。たしかに、鼻先を通り過ぎていった犯人の身柄を押さえられなかったのは我が署の落ち度だったかもしれません。その点は反省します。しかし、一々怒鳴り込んでこられるほどのことではない。そうじゃありませんか？」

「犯人の身柄を押さえたのが本庁の機捜だったんだ。方面本部は面子《メンツ》を潰《つぶ》した」

「誰が捕まえたって同じでしょう」

「署員を講堂に集めろと言ってるんだ」

竜崎はついに印鑑を放り出した。もう付き合っていられない。追っ払うことにした。

竜崎は電話を取り、本庁にかけた。

「伊丹《いたみ》刑事部長を……。こちらは大森署の竜崎だ」

野間崎管理官の顔から怒りが消し飛んだ。怪訝《けげん》そうに竜崎を見つめている。刑事部長といえば、方面本部管理官から見ても雲の上の存在だ。

なかなか電話がつながらない。

「電話を切れ」

野間崎管理官が唸《うな》るように言った。「刑事部長だと？　一介の所轄署の署長ごときが直接電話できる相手じゃない」

野間崎は、管理官だというから階級は警視だろう。ノンキャリアでは最高の階級だ。そして、刑事部長の伊丹俊太郎《しゅんたろう》はキャリア組で、階級は警視長だ。野間崎よりも二階級上だが、このクラスの二階級というのは、天と地ほどの差がある。

ようやく電話がつながった。

「よう、竜崎か？　調子はどうだ？」

「所轄は何かと雑用が多くてな。今も、面倒事を抱えている」

野間崎は、不思議そうに竜崎を見た。竜崎が伊丹刑事部長と親しげに話をしているのが信じられないのだろう。

伊丹俊太郎と竜崎は、同期で警察庁に入庁した。竜崎の階級も警視長だ。家族の不祥事で降格人事を食らい、所轄署に回されたのだ。

「面倒事だって？」

伊丹刑事部長が言った。「何があった？」

「先ほどキンパイがあった」

「ああ、高輪の強盗事件だな？」

「実行犯がうちの管内を通過したらしい。結局は碑文谷署管内で機捜が身柄確保したのだが、第二方面本部の管理官が、それが面白くないと怒鳴り込んできている」

「まあ、よくある話だ。適当にあしらっておけよ」

「講堂に全署員を集めろと言っている。こちらはそんなことをしている暇はない。おまえは、俺に借りがあったな？」

野間崎が驚きの表情になる。

伊丹を「おまえ」呼ばわりしたことに驚いたのだろう。伊丹と竜崎は、単に同期というだけではない。実は、小学校時代に同級生だった。伊丹はすっかり忘れているようだが、竜崎は伊丹からいじめにあっていた。今でも、そのことを根に持っている。

さらに、現職警察官が殺人を犯すという事件があり、その際に竜崎は伊丹の窮地を救ったのだ。

「ああ、おまえには頭が上がらないよ」

「この管理官にお引き取りいただくように言ってくれないか」

「おい、竜崎、そういうことは俺の役目じゃないんだ」

「俺に借りがあるんだろう？」

竜崎は、受話器を野間崎管理官に差し出した。野間崎管理官は、躊躇《ちゅうちょ》していた。

「伊丹刑事部長です」

竜崎は言った。「お待たせしては失礼でしょう」

野間崎管理官は、ようやく受話器を受け取った。

「第二方面本部の野間崎です」

そう言ったきり、彼は伊丹の言葉に耳を傾けていた。たちまち顔色が悪くなった。額に汗さえ浮かびはじめた。

「はい」

野間崎管理官は、直立不動の姿勢になって受話器を耳に当てている。

「はい。わかりました」

そう言うと受話器を竜崎に差し出した。竜崎は、そのまま電話を切った。野間崎管理官は竜崎を見てばつの悪そうな顔をしている。

竜崎は何も言わず見返していた。野間崎はどういう態度を取ったらいいか、また何を言えばいいのか迷っている様子だ。竜崎は、彼がどんな思いでいるかなどに興味はなかった。時間が惜しいので、一刻も早くここを出ていってほしかった。

「頭に血が上っていて、すっかり忘れていました」

野間崎管理官の口調が改まっていた。「そういえば、あなたは、警察庁から異動していらしたのでしたね」

「きさま」から「あなた」に変わった。

当然、竜崎の人事については方面本部に知らせが行っている。だが、方面本部だって多忙だ。いちいち人事のことなど覚えていられないというのが実情だろう。

そして、今、ようやく彼は竜崎の素性を思い出したのだろう。当然、その階級も思い出したはずだ。態度が変わったのはそのせいに違いない。

竜崎は何も言わなかった。野間崎は居心地悪そうに咳払《せきばら》いをした。

「今日のところは引き揚げることにします。だが、キンパイでみすみす犯人を取り逃がすというのは、失態です。気を引き締めていただきたい」

なんとか体面を取り繕おうとしているのが見え見えだった。

竜崎はうなずいた。

「わかりました。うけたまわっておきます」

野間崎は踵《きびす》を返して署長室を出て行った。貝沼副署長があわててその背中を追った。

あとは、副署長に任せておけばいい。

竜崎は仕事に戻った。後味の悪い思いをしていた。理を説いて野間崎を退散させたのならいい。だが、自分の階級と伊丹の立場を利用したのだ。卑怯《ひきょう》なやり方だったかもしれない。特に、伊丹の力を借りたことを後悔していた。

しかし、ああでもしなければ、野間崎は本当に全署員を講堂に集めさせたに違いない。ともあれ、野間崎を追っ払うことに成功したのだ。手段はどうあれ、目的は達成した。竜崎はこれ以上考えるのをやめることにした。

貝沼副署長が戻ってきた。

「野間崎管理官はお帰りになりました」

竜崎は顔を上げなかった。押印を続ける。

「そうか」

貝沼がどんな顔をしているのか見たくなかった。

「驚きました……」

貝沼副署長が言った。「管理官はすっかり毒気を抜かれてしまいましたね」

竜崎は手もとの書類に眼を落としたままこたえた。

「驚くことはない。向こうが無茶を言ってきたんだ」

「所轄《しょかつ》が方面本部や本庁《ホンブ》に楯《たて》突くことはまずありません」

「警察組織というのは、上意下達が基本だ。軍隊と同じで、上の作戦を現場が滞りなく遂行することが第一だ。そういう意味では、所轄は上の指示に逆らったりしてはいけない。だがね、上が明らかに不当なことを言ってきている場合は別だ。方面本部の管理官の面子など、職務上意味がない」

「私も課長たちを叱《しか》りつけたんです」

竜崎は顔を上げた。

「何だって？」

「署の幹部というのは、そういうものです。署長は特別です」

「私は決して特別ではない」

ここでも同じ評価なのか。竜崎はこれまでいろいろな職場を経験した。警察庁から始まり、地方の警察本部を回り、再び警察庁に戻った。そして今は所轄署にいる。

ここに来る前は、周囲の竜崎に対する評価は一貫していた。「変人」だ。

貝沼も言葉を選んでいるが、言いたいことは同じだろう。

「いいか」

竜崎は貝沼に言った。「副署長が課長を怒鳴りつければ、課長は係長を怒鳴りつける。そして、係長は係員たちを怒鳴りつけるわけだ。そういう連鎖は士気をそぐ。管理職は、感情で物事を処理してはいけない。大切なのは合理性だ。心得ておいてくれ」

「はい」

貝沼が竜崎のことを嫌っているのか気に入っているのかはわからない。気にしても仕方がないので、考えないようにしていた。

ただ、署長としての考えは、はっきり伝えておかなければならない。署長に何かあった場合、代わって指揮を執るのは副署長なのだ。

貝沼副署長は一礼して出て行こうとした。

「待ってくれ。今、思い出したのだが、小料理屋の喧嘩《けんか》というのはどうなったんだ？地域課はフォローしたのか？」

貝沼がこたえた。

「地域課長に報告に来るように言います」

竜崎はうなずいて、机の上に眼を戻した。

「キンパイが解けてから、すぐに係員に様子を見に行かせました」

地域課長が報告した。「特に変わった様子はないようでしたね」

たしか、地域課長の名前は久米政男《くめまさお》だったな……。竜崎より四歳年上の警部だ。署長になってまず最初にしなければならないのは、署員の名前を覚えることだ。特に課長の名前はすぐに覚えなければならない。

「それは何時頃のことだ？」

「そうですね……。二時半頃でしょうか……。その頃、私は署長といっしょに車の中でした」

小中学校教師とＰＴＡ役員との防犯対策懇談会へ向かう途中ということだ。

「特に変わった様子がないというのは、具体的にはどういうことだ？」

「店の前まで行ったけれど、何事もない様子だったということです」

「その店はどんな場所にあるんだ？」

「大森北五丁目の、商店街の外れ。裏通りにある目立たない店ですね」

4

「周囲には同じような飲食店が並んでいるのか?」

「中華料理屋とコンビニがそばにあるそうですが……」

「喧嘩《けんか》の経緯を聞いてきたのか?」

「係員が声をかけたけれど、返事がないので戻ってきたということです」

それは通常の対応だろう。言い争いをしたが、大事にはならなかった。警察官が訪ねたときはたまたま留守にしていたのかもしれない。

だが、妙に気になった。

「店の開く頃、もう一度様子を見に、誰かを行かせてくれ」

「はあ……」

久米地域課長は釈然としない様子だ。

「確認を取りたいんだ。何事もなければそれでいい。喧嘩の当人からその後の経緯を聞いておいてくれ。争い事がこじれると犯罪に発展する恐れもある」

「わかりました」

久米地域課長が出て行くと、竜崎は残りのファイルを見て溜《た》め息をついた。赴任してからずっと感じていることだが、これは一人で処理できる量ではない。

もしかしたら、警察庁から降格人事でやってきたキャリア署長に対して課長たちが嫌がらせをしているのかもしれない。そんなことさえ思った。

黙々と作業を続け、気がつくと七時を過ぎていた。

地域課からの連絡はない。飲み屋ならもうとっくに開店している時間だ。忘れているのかもしれない。あるいは、忙しいので後回しにしている可能性もある。たしかに些細《ささい》なことかもしれない。だが、事後の確認は大切だ。物事は一つ一つ完結させていかなければならない。

竜崎は地域課に内線電話をかけた。

「例の小料理屋の喧嘩の件はどうなった？」

「まだ、知らせが入りません」

「無線で問い合わせてくれ」

電話を切った。

しばらくして、部屋に久米地域課長がやってきた。

「いちいちやってこなくてもいい。電話で済むだろう」

「前の署長は、口頭で報告に来いと言っていましたので、習慣になっておりまして……」

「それで、どうだった？」

「まだ開店していないということです」

「もう七時を過ぎている。おかしいじゃないか」

「定休日かもしれません」

「定休日だという確認は取ったのか？」

「いえ、それはまだです」

「近所で聞き込みをやって確認を取れ」

「その必要がありますか？」

竜崎は溜め息をついた。

「昼間に喧嘩があった。誰と誰が喧嘩していたのかもどういういきさつで喧嘩になったのかもわかっていない。だが、通常と違うことが昼間に起こっていることだけは確かだ。そして、その日開店すべき時間に開店していない。何か起きたのではないかと疑うべきじゃないかね？」

「わかりました。すぐに周辺の情報を集めます」

久米地域課長が出て行くと、竜崎はまた溜め息をついた。

竜崎は現場の経験はそれほどない。それでも、何かおかしいと感じることはできる。現場の課長がそれを感じないというのは問題ではないだろうか。

捜査感覚の問題だ。いや、現場の人間は異常な事態に慣れっこになっているのではないだろうか。通常の人がおかしいと思うことを、どうということはないと見過ごしてしまう。それは危険な兆候だった。

内線電話が鳴った。久米地域課長からだ。すぐに習慣を改める素直なところは認めてやってもいい。

「どうだった？」

「今日は火曜日。別に定休日ではないようですね」

「店はまだ閉まっているのだな？」

「はい」

「係員は再度声をかけたのか？」

「はい。店を訪ねました。その店は、一階が飲み屋で、二階が住居になっているそうで、何度も呼びかけたのですが、返事がないそうです」

ますます嫌な予感がしてきた。

「電話番号を調べて、電話をかけてみてくれ。何か妙な兆候がないか、さらに付近で聞き込みをやってくれ」

さすがに地域課長もどこか妙だと感じたらしい。

「増員してかかります。休憩中の者を回しましょう」

「何かあったら、すぐに知らせてくれ」

「はい」

竜崎は電話を切った。電話で話しながらも、判を押しつづけていた。

八時過ぎにようやくすべてのファイルに判を押し終えた。明日の予定を確認して帰り仕度を始めた。

竜崎が残っている限り、副署長も課長たちも帰れないのだ。地域課の件が気になったが、何かあれば携帯電話にでも連絡が来るだろう。

副署長と警務課長に声をかけてから、署をあとにした。


自宅に戻ると、娘の美紀が台所に立っていた。洗い物をしている。珍しいこともある。家事は妻の冴子に任せきりなのだ。美紀の今の関心事は就職だけのはずだ。

「母さんはどうした」

竜崎はダイニングキッチンの出入り口で尋ねた。

「あら、お帰りなさい」

美紀は言った。「横になってるわ。無理やり休ませたの」

「まだ具合が悪いのか?」

「胃が痛いって言ってる」

寝室に行くと、冴子が起き出してくるところだった。

「起きることはない」

「だいじょうぶですよ。美紀が大げさなだけです」

「病院へは行かなかったのか?」

「胃の薬を飲みました。本当にたいしたことはないんです」

「明日は必ず病院に行け。ちゃんと検査してもらうんだ。たいしたことがなければ、それに越したことはない」

「はいはい、わかりました」

「家のことはおまえに任せてあるんだ。そのおまえがしゃんとしていなければ、俺は安心して働くことができない」

「わかったと言ってるでしょう」

「無理しないで寝ていろ」

冴子は、ベッドに戻った。

竜崎はスウェットの部屋着に着替えて、冷蔵庫から缶ビールを取り出し、ダイニングテーブルに着いた。

夕食のときに、三五〇ミリリットルの缶ビールを一本だけ飲む。それが竜崎の習慣だった。美紀がテーブルに料理の載った皿を並べる。

カレイの煮付けや三つ葉のお浸しなどだ。漬け物の鉢には、タクワン、キュウリの浅漬け、ナスの一本漬けなどが並んでいる。美紀がカレイの煮付けなど作るはずはないから、料理は妻の冴子がしたのだろう。美紀はそれを温めて皿に盛って出しただけに違いない。

それでも妻の体の具合が悪いときに、こうして台所に立ってくれるところはやはり女の子だなと思う。

ビールを一口飲んで、カレイの煮付けに箸《はし》をつけたとき、どこかでブーンという唸《うな》るような音が聞こえた。消音モードにしてある携帯電話が振動しているのだ。

「お父さんの電話じゃない？」

美紀に言われて、背広のポケットから出してリビングルームのテーブルの上に放り出してあった携帯電話を手に取った。

署からだ。

「はい、竜崎」

かけてきたのは久米地域課長だった。

「例の小料理屋ですが、どうも様子がおかしいです。係員によると、依然として店の中から返答はないのですが、二階の住居には人がいる様子なのです。しかも、明かりがついていません」

「わかった。署に戻る」

驚いた声が聞こえた。

「これからですか？　いや、その必要はありませんよ。所要の措置を取りますので……」

「所要の措置」というのは便利な言葉だ。具体的な対応策が思いつかないときに、よく使われる。

「そうはいかない。もともとは私が指示したことだ。詳しい話は署で聞く」

「わかりました……」

久米地域課長は力ない声で返事をした。電話を切ってから竜崎は気づいた。久米は、報告を済ませたら、後は当番の係員に任せて帰宅しようとしていたのではないだろうか。

署長が顔を出せば、帰宅できなくなってしまう。

明らかに普通ではないことが起きているというのに、帰宅しようと考えるとは言語道断だ。警察の職務を何だと思っているのか。

竜崎はビールを飲むのをあきらめて、急いで食事を済ませた。再び背広に着替える。

「出かけるんですか？」

妻の冴子がベッドから声をかけてきた。

「署に行く」

「事件ですか？」

「まだわからない。帰りはわからないから、寝てなさい」

玄関に向かおうとすると、美紀が目を丸くした。

「出かけるの？」

「ああ、署に行ってくる」

夜に出かけることなど、警察官にとっては珍しくはない。美紀も慣れているはずだと思っていた。だがやはり、父親が帰ってきたと思ったらまた仕事に出るというあわただしさには慣れることはないのかもしれない。

「署長になっても落ち着かないのね」

「当然だ。署の責任者だからな」

「いってらっしゃい」

玄関脇《わき》に、息子の邦彦《くにひこ》の部屋があった。邦彦は予備校生だ。

その邦彦がいきなり顔を出したので、竜崎はびっくりした。

「何だ?」

「進路のことについて、話があるんだ」

「どんな話だ?」

「俺、やっぱり東大を受けることにしたよ」

邦彦は一度有名私立大学に合格した。だが、竜崎は東大以外は認めないと言って浪人させたのだった。当初、邦彦は反発していた。

その反発からか、麻薬に手を出した。警察に自首させたところ、初犯で、少年でもあり、常用していたわけではないということで、保護観察処分となった。

軽い処分だったとはいえ、国家公務員になるには障害になるかもしれない。国家公務員I種の試験は激戦だ。だから、もう邦彦の進路については何も言う気はなくなっていた。

その邦彦が、自分から東大に行くと言いだした。いったい、どういう心境の変化なのだろう。

「わかった。詳しい話はまたにしてくれ。これから署に行かなければならない」

「ああ……」

竜崎は、官舎を出た。


「それで、人がいる気配がするのに、返事がないというのはどういうことだ？」

竜崎は、久米地域課長を署長室に呼んで尋ねた。

「いくつかのことが考えられますが、最悪の場合は立てこもり事件ですね」

すでに斎藤警務課長は帰宅していた。貝沼副署長もいない。時計を見ると、九時半だ。日勤の者が帰宅しても当然の時刻だ。

「昼間の喧嘩《けんか》というのはどうなったんだ？」

「それが、周囲で聞き込みをしてみると、喧嘩だったかどうかも怪しくなってきました」

「どういうことだ？」

「たしかに言い争う声を聞いたという人がいたのですが、誰と誰が争っていたのかはっきりと見た者はいません」

竜崎は考えた。

「最悪の場合、立てこもり事件だと言ったな？　その小料理屋の者を人質に取って何者かが立てこもっているということか？」

「その恐れもあります」

「では、その争った声というのは、犯人がまだ準備中の小料理屋に侵入したときのものだったかもしれないな。見知らぬ男が突然店に入ってきて居座ろうとしたら、当然言い争いになる」

「そうですね……」

久米地域課長が不安げな表情になった。

「刑事課長は帰宅したか？」

「はい」

「呼び出してくれ。事件の可能性が強い」

「わかりました」

「キンパイのときのようにここに詰めてくれ。無線係も必要だ」

久米地域課長は、緊張した面持ちで言った。

「それほどの緊急性がありますか？」

「ないかもしれない。だが、警察の仕事というのは、悪い方の予想に合わせて動く必要がある。私は、副署長に電話する」

久米地域課長は部屋を出て行った。

電話で竜崎から事情を聞いた貝沼副署長は、余計なことは一切言わなかった。

「わかりました。すぐに署に向かいます」

副署長は、顔にも声にもあまり感情を出さない。そのこと自体が竜崎に対する反感の表れなのかもしれない。

副署長も管内に住んでいる。一番自宅が遠いのは、刑事課長だ。刑事課長は、川崎市の一戸建てに住んでいる。

副署長や刑事課長がやってくるのを待っていると、久米地域課長が署長室に飛び込んできた。

その表情を見るとただ事ではない。

「どうした?」

「二階から発砲したそうです」

「小料理屋か?」

「そうです。地域課の係員が再度訪ねたところ、上から誰かが拳銃《けんじゆう》らしいものを発砲したとのことです」

「怪我人《けがにん》は？」

「今のところ確認されていませんが、小料理屋の中がどうなっているかわかりません」

「刑事課の当番に連絡してくれ」

「すでに無線係から連絡が入っています」

「通信指令センターには？」

「連絡してあります」

「へたに、署員を近づけるな。中にいるのが何者かわからないが、刺激するとまずい。怪我人も出したくない」

「わかりました」

「すぐに本庁か方面本部から指示があるだろう。立てこもり事件となったら指揮本部が必要になる。警務課長にも来てもらえ」

「了解しました」

まだ詳しいことはわからない。だが、発砲が確認されたということは、小料理屋の経営者たちを人質とした立てこもり事件である可能性が高い。最悪の予想どおりになりそうだ。

すでに、刑事課の強行犯係が現場に向かったという知らせが入った。本庁からは機動捜査隊が現場に向かっているはずだ。

急に署内があわただしくなってきたのがわかる。

貝沼副署長がやってきて言った。

「いったい何事です?」

「問題の小料理屋で発砲事件だ」

「発砲事件? 中から撃ってきたのですか?」

「そのようだ。幸い署員に怪我はない」

「つまり、立てこもり事件ですか?」

「まだ中の様子がわからない。だが、その可能性が高い。強行犯係はすでに現場に向かっている。刑事課長もこちらに向かっているはずだ。指揮本部ができるかもしれないので、警務課長にも来てもらうことにした」

貝沼副署長は無言でうなずいただけだった。やはりその表情からは何も読み取れない。署長のスタンドプレイだと思っているのかもしれない。

だが、後手に回るよりいい。間違った指示は出していないという自信があった。

ようやく刑事課長が到着した。刑事課長は、関本良治《せきもとりようじ》という名だ。四十七歳の警部だ。

「強行犯係長から電話がありました。発砲事件ですって？」

竜崎はうなずいた。

「調べてほしいことがある」

「何でしょう？」

「昼間の高輪の強盗事件だ。犯人の一人がまだ逃走中だな？」

「はい」

「その犯人が道具を持っていたかどうか」

こういう場合、道具というのは、何かの武器を意味している。

「わかりました」

「そして、その犯人の最後の足取りが知りたい」

「つまり、小料理屋の二階から発砲したのは、その強盗の実行犯ではないかと……」

「三人のうち、二人が我が署の管内を通過したそうだ。もう一人が管内にとどまっていたとしてもおかしくはない」

関本刑事課長は、眉《まゆ》をひそめた。

「すぐに当たってみます」

「いちいち出て行かなくてもいい」

竜崎は言った。「電話ならここのを使え。各課長はここに詰めていろ。情報もここにすべて集約するんだ」

久米地域課長と関本刑事課長は、顔を見合わせた。一瞬戸惑った様子だった。署長の目の前では仕事がやりにくいのだろうか。

関本刑事課長が言った。

「わかりました。しかし、込み入った話になるかもしれませんので、自分の席の電話を使わせてもらいます」

まあ、仕方がない。自分の席のほうが電話帳やら何やらの資料がそろっているということだろう。

すでに通信指令センターから関係各部署に情報が流れているはずだ。本庁捜査一課ではすでに対応を考えているかもしれない。

署の強行犯係の現場到着《ゲンチャク》の報告が入った。小料理屋の二階はその後沈黙しているという。

明かりも消えているらしい。中の様子を外からなるべく知られないようにと用心しているのだろう。

竜崎は無線係に指示した。

「できるだけ情報を集めるように言うんだ。周囲の聞き込みを徹底しろ。小料理屋の電話番号を調べろ。交渉の余地があるかもしれない」

斎藤警務課長がやってきた。

「指揮本部ができるかもしれないですって?」

竜崎はうなずいた。

「立てこもり事件の可能性がある。人質を取っているとしたら、当然我が署に指揮本部ができることになる。今から対応を考えておいてくれ。誘拐事件ほどではないが、かなり人を動員することになる」

「わかりました」

竜崎の机の電話が鳴った。

「はい、大森署、竜崎」

「俺だ。立てこもり事件だって?」

伊丹の声だった。

「まだ確認できてないがその可能性が高い」

「確認できてない?」

「誰かが発砲したことは確認されている。その発砲した人物と接触できていない」

「これからそちらに行くぞ」

「刑事部長がわざわざ来ることはない」

「俺は現場主義だ。後で会おう」

電話が切れた。

竜崎は、なぜか少しだけ憂鬱《ゆううつ》になった。

5

斎藤警務課長は、指揮本部の準備にかかり切りになった。所轄署《しょかつしょ》にとって捜査本部や指揮本部ができるというのは一大事だ。事件を担当する部署だけでなく、署全体から人員を都合しなければならない。

刑事課は、通常の業務を一時棚上げにするしかない。非番の者も引っ張り出される。それだけで足りない場合は、近隣の署から応援を呼ぶことになる。

本庁から捜査員が大挙して押し寄せて来る。それだけならいいが、中には無理難題を言いだす者もいる。

捜査員たちの弁当や飲み物の用意だけでもたいへんだ。仮眠所も作らなければならない。本部には電話を架設し、パソコンや無線機を並べることになる。

大げさでなく、捜査本部や指揮本部ができた所轄署はパンク状態になる。それを仕切らなければならない斎藤課長の苦労は並大抵ではない。

だが、やってもらわねばならない。それが警察の仕事なのだ。

関本刑事課長が署長室に戻ってきて報告した。

「確認が取れました。逃走している強盗事件の実行犯は、拳銃《けんじゅう》を所持しています。身柄確保されて取り調べを受けている共犯者たちによると、拳銃はベレッタの自動拳銃。米軍で制式採用された軍仕様のようです。実弾は十発以上所持している模様です」

「十発以上？」

竜崎は聞き返した。「正確な数字はわからないのか？」

「はっきりしないようです。弾倉に何発入っていたかは不明だそうです」

「最大で何発になるか、至急調べてくれ」

「ベレッタ自動拳銃の弾倉には最大で十五発入ります」

そんなことは調べるまでもないという口調だ。刑事課長にとっては拳銃の装弾数など常識なのかもしれない。刑事課長が言ったように、ベレッタは米軍の制式拳銃となった後、世界各地の米軍基地などから、闇《やみ》社会に流れたことがある。トカレフなどに比べればずっと高級な銃であるにもかかわらず、犯罪組織などが入手しやすい銃となったのだ。

「共犯者たちが、十発以上と供述している。それを信じるとすれば、逃走している犯人は、最低十発、最高で十五発の実弾を持っているわけだ……」

「小料理屋から発砲したのは、逃走している強盗犯だと思われますか？」

「そう思わないやつは、警察官を辞めたほうがいい」

「はい」

「鑑識が銃弾を発見すれば、よりはっきりするだろう。犯人が所有するベレッタの口径は何ミリだ？」

「九ミリです」

「発砲した拳銃がベレッタだと特定できれば、小料理屋の二階に潜んでいるのは、逃走中の強盗犯と判断していいだろう」

「本庁の鑑識がゲンチャクしたという知らせがありました。じきにはっきりしたことがわかるでしょう」

竜崎はうなずいた。

そこに、制服を着た若い係員が青い顔で飛び込んできた。

「何事だ？」

「け……、刑事部長殿です」

その背後から伊丹が現れた。制服ではなく背広姿だった。紺色のスーツに明るいブルーのネクタイをしている。若々しい配色だ。悔しいことにそれが伊丹によく似合っている。

竜崎以外のその場にいた者全員がさっと立ち上がって気をつけをした。本庁の刑事部長というのはそれくらいの身分なのだ。刑事部長が現場に顔を出せば、その場にいる捜査員たちは緊張する。その緊張がいいほうに作用するとは限らない。

伊丹はその場にそぐわないほど快活な声で言った。

「よお、どうなってる？」

竜崎は、思わずしかめ面《つら》になり、手もとの書類を見つめるふりをした。伊丹の颯爽《さっそう》とした出《い》で立ちや明るい態度が気に入らなかった。

署長室の外には記者が詰めかけているはずだ。刑事部長が動けばマスコミも動く。伊丹はそれをちゃんと意識しているに違いない。

「鑑識からの報告待ちだ」

竜崎はつとめて事務的にこたえた。

「本庁の鑑識だろう？」

伊丹は、椅子《いす》の一つに勝手に腰かけた。「そっちに情報は行かないぞ。捜査一課に上がるはずだ」

竜崎は眉《まゆ》をひそめた。

「うちの管内の事件だ。情報を共有するのが当然だろう」

「俺もそう思うけどね。まあ、しきたりってやつかな……。もちろん、捜査本部や指揮本部ができたら、会議で情報は共有するよ」

「何を悠長なことを言っている。そんなことをしている間に被害者が出たらどうする。鑑識が銃弾を見つけ、その口径を確認するだけで、犯人の目星がつくんだ」

伊丹は横目で竜崎を見て、かすかに笑った。

「高輪の強盗事件のことを言ってるんだろう。逃走している実行犯はたしかにベレッタの軍用自動拳銃を持っていたと、身柄確保された仲間が供述している」

「そういうことだ」

「もしそうだとしたら、おまえさん、ちょっと苦しい立場になるな」

竜崎は伊丹が何を言っているかまったくわからなかった。

「苦しい立場？」

「だってそうだろう」

伊丹は、わざとらしくしかめ面をした。さもこちらの立場を慮《おもんぱか》っているというポーズだ。「事の起こりは、高輪の強盗事件だ。キンパイのときに二人の犯人が署のすぐ近くを素通りしてしまった。もし、三人目の犯人がおまえの署の管内で立てこもり事件を起こしたとしたら、おまえの署はいったい何をやっていたんだということになる」

「緊急配備は万能じゃない。犯人だって必死なんだ。緊配ですべての犯人が捕まればこんな楽なことはない」

「それはそうだがさ……。警察の組織の中にはいろいろと言いたがるやつがいる。自分で責任を取りたくないから、誰かに責任を押しつけようとするんだ」

「くだらんな」

「そのくだらないことで、みんな苦労してるんだ」

「その苦労を犯人の検挙や犯罪の予防に向ける工夫をすべきだ。それはおまえの役割なんじゃないのか?」

突っ立ったままの貝沼副署長や刑事課長、地域課長が何を考えているかが気になった。彼らは伊丹と同様に、署の体面のことを考えているのかもしれない。

あるいは、三人のうち誰かは、伊丹と竜崎の議論を楽しんでいる可能性もある。貝沼副署長あたりは、そうかもしれない。どうも貝沼が何を考えているかつかみきれない。

伊丹は、立っている三人のことなどまったく気にしていない様子だった。竜崎を見つめたまま言う。

「もし、被害が出たら、責任を問う声が上がるかもしれん」

竜崎は、うんざりした気分でこたえた。

「そうならないように、最大限の努力はする」

「いいだろう。だが、覚悟だけはしておくんだな。さて、立てこもりとなれば指揮本部が必要になる。ここに作ることになるが、いいな？」

「すでに準備を始めている」

伊丹は満足げにうなずいた。

「さすがだな」

「場所は講堂でいいな？　態勢は？」

「現場からの報告を見て決めるが、当面は四十人態勢というところか……」

「本庁《ホンブ》から二十人ほどということだな？」

「捜査一課の特殊班と機捜を呼ぶ。そちらも二十人ほど出してくれ」

「いいだろう」

竜崎は、すぐに久米地域課長と関本刑事課長に、人員を集めるように指示した。キンパイに続いて指揮本部だ。署員はたいへんだが、これが警察の仕事だ。

特別捜査本部や大がかりな指揮本部ができると、その年の署の予算を食われてしまう。柔道、剣道、逮捕術などの術科の大会で好成績をおさめても、祝賀会もできない。旅行会もなし。忘年会もひどく質素なものになるだろう。

だから、署員は捜査本部や指揮本部を嫌う。だが、祝賀会や忘年会など自腹でやればいいのだと竜崎は思う。民間の会社は皆そうしている。公務員だけが、公費で飲み食いをするのだ。

指揮本部ができるとなると、事件解決まで自宅には戻れない。竜崎はそう覚悟した。ふと、妻の冴子のことが気になった。明日は病院に行くように言ってある。ちゃんと行くだろうか。

胃の具合が悪いと言っていた。これまでそんな言葉を妻の口からは聞いたことがない。たいしたことはないと思うが、妻が寝込むというのはたいへん珍しいことだ。

気にはなるが、竜崎が家にいてもできることは何もない。娘の美紀のほうがずっと頼りになるだろう。美紀も就職活動でたいへんそうだが、任せるしかない。

斎藤課長が戻ってきた。指揮本部の準備の進行具合を報告に来たようだ。署長室に伊丹がいるので、びっくりした様子で直立不動になった。

竜崎は、この過剰な階級意識はなんとかならないものかと思っていた。現場の刑事たちは階級などそれほど気にしないと聞いたことがある。それはそうだろう。階級で捜査ができればそんなに楽なことはない。捜査には技術と知識と経験が必要だ。だが、管理職になると階級や役職の上下が体に染《し》みついてしまうようだ。

「現場からの連絡を待ってすぐに指揮本部を作ることになると思う。部屋の準備のほうはどうだ？」

竜崎が尋ねると、斎藤課長は気をつけをしたままこたえた。

「はい。机や椅子の運び込みは終わりました。しかし、パソコンの配線や電話の架設は明日の朝になります」

「けっこう」

伊丹が言った。「それまでは無線と携帯電話で間に合わせよう。私はそちらに移動しよう」

「待て。相変わらずおまえはせっかちだな。おまえが今向こうに行ったら、準備している署員がやりにくくってしょうがない。せめて、現場から情報が入るまでここにいたらどうだ」

「その現場はどうなってるんだ？」

竜崎は関本刑事課長に尋ねた。

「どうして報告がないんだ？」

「わかりません」

「わが署の強行犯係はとっくに到着しているんだろう?」

「はい」

竜崎は、署長室の無線の前に座っている無線係に命じた。

「無線で呼び出せ。状況を知らせるように言え」

無線係は、署外活動系、通常「署活系」と呼ばれている周波数で強行犯係に呼びかけた。

すぐに返事があった。

「状況知らせ。どうぞ」

無線係が言う。

「あー、いや、実は私らようわからんのです。どうぞ」

竜崎は眉をひそめた。まったく緊張感が伝わってこない。

「今のはどういうことだ?」

関本刑事課長が、苦い表情になり、無線係からマイクを奪った。

「ゲンチャクからの経過を知らせるように」

ややあって、応答してきた。

「二二〇〇《フタフタマルマル》頃、大森署強行犯係ゲンチャク。その数分後に、機捜ゲンチャク。二二一五、本庁《ホンブ》鑑識係および捜査一課特殊班ゲンチャク。犯人の動きなし。以後発砲もなし。以上」

「室内の様子はどうだ？」

「消灯状態で、詳細わからず。エアコンの室外機が稼働《かどう》中」

無線による報告はそれで終了した。竜崎は再び関本刑事課長に尋ねた。

「よくわからないというのはどういうことだ？　彼らは現場にいるのだろう？」

「はあ……」

関本は困った顔をしている。ちらりと伊丹のほうを見た。その視線が意味ありげだった。

「無線の相手は誰だったんだ？」

「強行犯係の係長です」

たしか小松茂《こまつしげる》という名だった。四十五歳の警部補だ。なかなかの熱血漢だと聞いている。現場で状況が把握できないほどのボンクラではないはずだ。

「現場はいったいどうなっているんだ？」

「おそらく、うちの署員は本庁の人たちの道案内でもしているのでしょう」

「道案内……？」

「はあ……。所轄《しょかつ》は地理に通じていますので……」

誰かの携帯電話が鳴った。竜崎は室内にいた者たちを見回した。バイブレーションモードにしておくくらいの気配りができないのかと思ったのだ。

携帯電話を取り出したのは伊丹だった。彼は、相手の話に相づちだけを打っていた。最後に一言「わかった」とだけ言って電話を切った。

伊丹が竜崎に言った。

「捜査一課長から連絡があった。鑑識が弾丸を発見、九ミリの自動拳銃《けんじゅう》の弾丸だ。犯人が所有するベレッタと見て間違いないだろう。正式に指揮本部を立ち上げる」

伊丹は立ち上がった。まだ準備の真っ最中の講堂に向かうつもりだろう。講堂はまだエアコンもきいておらず、おそろしく蒸し暑いはずだ。

だが、伊丹はそういうところに行きたがる。やはり、署員やマスコミの眼を意識しているのだろう。

竜崎は言った。

「俺は、現場《げんじょう》に行ってくる」

伊丹は驚いたように振り返って竜崎の顔を見た。

「現場だって？」

「そうだ。指揮本部の本部長は当然おまえということになるだろう。所轄の署長は副本部長と相場が決まっている。船頭はおまえ一人だけのほうがいい。俺は現場の様子を見てくる」

　この竜崎の言葉に慌《あわ》てたのは、斎藤警務課長だった。

「今署長車を運転する者がおりません」

「車はいい。現場は大森北五丁目といったな？　徒歩では行けないのか？」

「歩くと、二十分以上かかります」

「いいだろう。地図をくれ」

「待ってください」

　関本刑事課長が言った。「署長は指揮本部にいてください。私が現場に行きます」

　こいつらは別に俺に気を使っているわけではない。それはすぐにわかった。署長に余計なことをしてほしくないのだ。

「課長は、人員を集めることを考えてくれ。一刻も早く指揮本部を機能させないと、人質が危ない」

　伊丹が驚いたように言った。

「人質がいるのか？　そんな情報は聞いていないぞ」

「昼間にその小料理屋で争う声を聞いた者がいる。小料理屋の主人やその家族が人質になっていると考えるべきだろう」

「わかった。おまえの言うとおりだ」

それまでじっと黙ってみんなのやり取りを聞いていた貝沼副署長が言った。

「人員の確保等は私が責任を持ちます。とにかく署長をお一人で現場に行かせるわけにはいきません。刑事課長を同行させてください」

スタンドプレイをするなということだろうか。貝沼副署長に言われると、そんな気がしてくる。

もしかしたら、「現場に行く」などと言いだした署長に腹を立てているのかもしれない。署長は署長室か指揮本部でおとなしくしていてほしい。そう考えているのではないだろうか。

刑事課長が署長車を運転することになった。運転くらいは竜崎だってできる。だが、まだ管内の地理に不案内だった。住宅街に入れば細い道もあり方向がわからなくなる恐れもある。だから徒歩で行こうと考えたのだ。

伊丹はちょっと怨《うら》みがましい眼差《まなざ》しで言った。

「気をつけろよ。おまえが立てこもりの犯人に撃たれでもしたら、シャレにならんからな」

彼は悔しいのかもしれない、と竜崎は思った。指揮本部に颯爽《さっそう》と登場する自分自身を想像していたのだろうが、現場に行くというのはそれよりも注目度が高い。負けたと思っているのかもしれない。

伊丹は、快活で細かなことにこだわらなさそうに見えるが、実はそういうことを気にする男だ。彼はいつも周囲の眼を意識しているのだ。

きっと気疲れするに違いない。それでも刑事部長の重責をこなしている。その点だけは認めてやってもいい。竜崎はそう思っていた。

6

署長車は現場まで近づけなかった。すでにマスコミの車両がやってきていたし、野次馬もいた。地域係の制服を着た警察官が黄色いテープを張り、マスコミや野次馬をなんとか現場から遠ざけようとしていた。

関本刑事課長が露払い役で先を歩いた。報道陣は現場の絵を押さえることに夢中だ。その隙《すき》に、黄色いテープをくぐって、報道陣が入れない結界の中に入った。

そのときになって、新聞記者の数人が関本と竜崎に気づいたが、すでに遅かった。彼らは結界の外で歯がみする悪霊《あくりょう》のようなものだ。

竜崎は、警察庁時代にはマスコミ対策も担当していた。だから、彼らがどういう連中かよく知っている。結論から言えば、彼らは、ペンを手にした戦士などではない。商業主義に首までどっぷり浸《つ》かっている。

新聞社もテレビも上に行けば行くほど、他社を抜くことだけを考えている。つまりは新聞を売るためであり、視聴率を稼ぐためだ。

言論の自由など彼らにとってはお題目に過ぎない。要するに抜いた抜かれたを他社と競っているに過ぎない。生き馬の目を抜く世界だと、本人たちは言っているが、何のことはない。彼らは楽しんでいるだけではないかと、竜崎はいつも思っていた。

黄色いテープの内側は、いくつかのグループに分かれていた。いずれのグループも二階の窓から死角になる位置に陣取っている。

大森署の強行犯係は、小料理屋から一番離れた位置にいた。小料理屋の名前は、『磯菊《いそぎく》』。竜崎は、看板を見たとき、それまで店の名前を知らなかったという事実に愕《がく》然《ぜん》とした。誰も店の名前を口にしなかったのだ。

こういうことはしばしば起きる。みんな、「現場」という言い方で済ませてしまい、すっかり場所の固有名詞を知った気になっているのだ。そして、どうせ誰かが知っているのだろうから、問題ないと思い込んでしまう。

強行犯係の連中が、竜崎に向かって礼をした。たぶん、形だけの礼だろう。

関本刑事課長が小松強行犯係長に尋ねた。

「ここで何をしているんだ?」

「前線本部を作る準備をしています」

「前線本部?」

「ええ。あの小料理屋の二階の窓を見渡せる向かいのマンションの部屋を拝借できないかとうちの者が交渉に行っています」

「捜査一課の指示か?」

「ええ。特殊班です」

捜査一課特殊班というのは、誘拐事件や立てこもり、ハイジャックやテロ事犯などに対処するために作られた部署だ。

捜査員たちはベテランで選りすぐり。しかも、連日厳しい訓練を続けているという。こういう場合のエキスパートというわけだ。

いくつかのグループがどういう連中かわかってきた。一つは、大森署の強行犯係、一つは出動服を着て作業をしているので、鑑識であることがわかる。

ただし、鑑識は殺人現場のようにおおっぴらに動き回ってはいない。犯人がまだ部屋に立てこもっているのだから危険きわまりない。

鑑識の連中の第一の役割は拳銃《けんじゅう》の弾の口径を特定することだった。その役割は終わった。今、彼らは二階からの死角でひっそりと足跡や指紋の採取をしているに過ぎない。

さらに機動捜査隊のグループがある。彼らは、大森署の強行犯係とともに、初動捜査を開始したはずだ。

そして、もう一つのグループが特殊班だろう。彼らは電話の交換手が着けるようなイヤホンとマイクが一体となったヘッドセットを着けていた。無線では彼らだけの周波数を使っているらしい。まるで、アメリカ映画に出てくる警察官のようだ。

そういえば、特殊班にはＳＩＴという略称がある。これは、「スペシャル・インベスティゲーション・チーム」の略だと思われている節があり、そうだとすればアメリカ的ではあるが、本当は、「捜査一課特殊班」のローマ字の略だ。

彼らは、エキスパートらしく落ち着いて物事に対処している様子だ。だが、彼らを見て、強行犯係の小松係長が「様子がわからない」と無線で言った理由がようやく理解できた。

ＳＩＴは、所轄《しょかつ》を現場の隅っこに追いやったのだ。情報を独占して、所轄の強行犯係を手下のように使っていたのだ。

だから、鑑識からの連絡が大森署にではなく、捜査一課経由で伊丹の携帯電話にかかってきたというわけだ。

警察の命令系統は縦割りだ。ＳＩＴからの報告は本庁にしか行かず、強行犯係からの報告は大森署にしか届かない。それを解消するために指揮本部が必要なのだが、もしそうした組織上の弊害さえなければ、膨大な金とエネルギーを費やさねばならない特別捜査本部や指揮本部などはそれほど必要ではないかもしれない。

　警察が臨機応変に動けるような柔軟な組織なら、ずいぶん無駄を省くことができるだろう。しかし、実際はそうではない。明治時代に現在の警察の基礎が作られたが、今でも警察には形式主義や官僚主義が色濃く残っている。

　どうやら強行犯係の連中はＳＩＴのやり方に腹を立てているようだ。だが、ここはＳＩＴに従うべきだ。ＳＩＴはやるべきことを心得ているはずだ。

　竜崎は尋ねた。

「前線基地の目処《めど》は立ったのか？」

　小松係長がすぐさまこたえる。

「はい。向かいのマンションの一室のリビングルームを借りられることになりました」

「わかった。この後はＳＩＴの指示に従ってくれ」

　小松係長は明らかに気分を害したようだった。

「あいつら、俺たちのことを道案内くらいにしか思っていないんです」

「実際、地理に詳しいんだから仕方がないだろう」

　竜崎のこの言葉は、さらに強行犯係の連中を刺激したようだった。だが、竜崎は平気だった。事実は事実だ。

「本庁《ホンブ》だからって、あんなでかいツラしなくたっていいじゃねえか……」

誰かが吐き捨てるように言った。

竜崎はその声のほうを見た。見覚えのある捜査員だ。たしか、戸高善信《とだかよしのぶ》という名の部長刑事だ。

戸高とは因縁がある。かつて、大森署にできた捜査本部を訪ねたとき、ひどく失礼な対応をされたことがある。許せなかったのは、こちらが警察庁のキャリアだと知って急に態度を変えたことだった。

一般市民に対しては居丈高だが、偉い人間には卑屈になる。そんな態度が見え見えだった。彼は常に何かに対して不満を感じているらしい。出世できない者によくあるタイプだ。

竜崎は戸高に言った。

「別に本庁《ホンブ》だからでかいツラをしているわけではないだろう。彼らは日頃、こうした事態に対する訓練を積んでいる。君たちは彼らほど訓練を積んでいるかね……?」

戸高は、ふてくされたように横を向いた。

それを見た関本刑事課長が言った。

「署長が質問されているんだ。ちゃんとこたえろ」

戸高は面白くなさそうな顔のまま言った。

「俺たちは訓練なんてしている暇はありませんよ」

竜崎が言った。

「だったら、彼らの指揮下に入るのが合理的だ。彼らは対処の仕方を知っている。それが事件を解決するための近道じゃないか？」

戸高は何も言わなかった。

「私はＳＩＴにその旨《むね》、告げてくる」

竜崎が言うと、関本刑事課長が慌《あわ》てた。

「現場であまり動かないでください。犯人がいつまた撃ってくるかわからないのです」

「私だって警察官なんだ。危険は承知の上だよ」

竜崎は、ＳＩＴたちに近づいた。ヘッドセットをしている男が竜崎に気づいた。

「大森署の竜崎です」

「署長さんですね。特二の下平《しもひら》です」

ＳＩＴは、大きく第一特殊犯捜査と第二特殊犯捜査に分かれる。第一特殊犯捜査の中には、第一係から第三係まであり、特二というのはその第二係のことだ。

「大森署は今後、ＳＩＴの指揮下に入る」

下平はちょっと驚いた顔をした。それから、疑わしげな表情で言った。

「そうしてもらうと、助かります」

「指揮本部にはすでに伊丹部長も到着している。今後どうするかについてご指示願いたい」

下平の表情が変わっていった。力を得たように顔つきが引き締まった。おそらく、所轄の署長が出しゃばって余計なことを言いに来たとでも思っていたのだろう。

こちらにその気がなく、本気で指揮下に入るつもりだということに気づいたのだ。

「犯人はベレッタ自動拳銃を持ち、弾丸を十発以上持っていると思われます。機動隊を一個小隊呼び寄せるつもりです。われわれ特殊班も前線本部と指揮本部に分かれます。所轄の強行犯係は前線本部と現場《げんじよう》周辺に残っていただきたい。署長は、指揮本部に戻ってください」

「いや、指揮本部には伊丹部長と副署長がいる。私はこちらにいたほうがいいだろう」

「ここは危険ですよ」

「みんなおかしなことを言う。署長だって警察官なんだ。警察官は誰もが退官するまで危険な任務についていることを自覚しているべきだ」

ＳＩＴのメンバーが一瞬、竜崎に注目した。

なんだ。俺は何か変なことを言っただろうか。

「とにかく、私はこちらにいる。ご心配なく。ＳＩＴがエキスパートだということはよく心得ている。あなたたちの指示には全面的に従う」

「わかりました。いま、そちらの捜査員に前線本部にするための部屋を探してもらっています」

「あそこの部屋を借りる手筈《てはず》が整った。あそこが前線本部になる」

竜崎は『磯菊』の向かいのマンションの二階を指さした。

下平が言った。

「では、そちらに行ってください」

「現在はどういう状況なのかを詳しく知りたい」

「『磯菊』に電話をかけています。店舗も自宅も同じ回線を使っているということですから、おそらく親子電話か何かを使っているのでしょう。二階でも電話は鳴っているはずですが、誰も電話に出ません」

犯人は警戒しているのだ。緊張しているに違いない。人質のことが気になる。

竜崎は強行犯係のところに戻って関本課長に言った。

「君は指揮本部に戻ってくれ。本庁《ホンブ》から管理官が何人かやってくるはずだから、それを補佐するんだ。私は前線本部に残る」

「署長の車はどうします？」

「乗って帰ってくれ。私の足は何とかする」

関本刑事課長は、余計なことは言わなかった。

「わかりました」

それから強行犯係の連中に言った。

「さあ、こんなところにいないで、指示を受けるために、ＳＩＴの下平係長のそばに陣取るんだ」

彼らは、顔を見合わせていた。おそらく、隅っこに追いやられたことを根に持っているに違いない。現場ではそんな感情は忘れ、合理的に動いてほしい。

そう思うのだが、なかなか所轄の捜査員たちはそのようには動いてくれない。

「行くんだよ」

小松係長が発破をかけた。「ここでくすぶっていてもしょうがねえや」

竜崎は彼らがＳＩＴのことをどう思っているかなどまったく関心がなかった。問題はいかに立てこもり事件を解決するかだ。

ＳＩＴの下平係長は、『磯菊』に電話をかけつづけていると言っていた。まだ犯人からの応答はない。だが、すでに警察に取り囲まれていることは知っているはずだ。拳銃を撃ったことで、より追い詰められた立場になったことも自覚しているだろう。

前線本部となるマンションの部屋は、３ＤＫで、竜崎の住んでいる部屋よりもずいぶんと狭かった。そこに若い夫婦が住んでいた。前線本部にするのは、空き家ならば申し分ない。とはいえ、都合のいい場所にそうそう空き部屋があるはずもない。

こうして一般市民の善意に甘えて部屋を使わせてもらうことになる。部屋の住人はリビングルームを提供してくれた。リビングルームには大きなガラス戸があり、その向こうはベランダになっていた。

ベランダは頑丈なコンクリートの壁で囲われている。充分な弾よけになりそうだ。捜査員たちは、ベランダに三脚を立てて双眼鏡を装着した。

ビデオカメラも設置された。電話を引くことになっているが、まだ作業員が到着していないという。だが、昔と違って今は専用回線の電話の敷設《ふせつ》が遅れてもそれほど苦にはならない。捜査員全員が携帯電話を持っているからだ。

リビングルームにあるソファやコーヒーテーブルは隅のほうに寄せられた。ダイニングテーブルの上にパソコンやら無線機やらが置かれた。

すでに無線係がそこに陣取っていた。

竜崎は、出入り口近くに立ったまま捜査員たちの動きを見守っていた。さすがに、SITの連中は慣れている。日頃の訓練の賜物《たまもの》というやつか。

次第に前線本部としての体裁が整ってくる。リビングルームにはテレビがあり、その画面を見つめている捜査員がいた。チャンネルはNHKだ。ニュースを見て、どの程度の情報が流れているかをチェックしているのだ。犯人がテレビを見ている可能性もある。

前線本部は、情報をコントロールする必要がある。竜崎はまず第一にそう思った。マスコミが現場の情報を垂れ流しにしたら、警察の動きがすべて犯人に知られてしまうことになる。

SITの下平と強行犯係の小松係長がいっしょに前線本部の部屋にやってきた。出入り口に立っている竜崎を見て、下平は驚いた顔になった。

「あそこのソファにでもかけててください」

「いや、なるべく捜査員の邪魔はしたくない」

「当然、署長がここの本部長ということになります」

「そんなことはどうでもいい。ＳＩＴはこういう事件のスペシャリストだ。ＳＩＴが主導権を握ればいい」

「そんなことを言ってくれる所轄《しょかつ》の署長は初めてですよ」

下平は本気で言っているようだった。小松がなぜか不愉快そうな顔をしていた。

「マスコミ対策が必要だ。警察の配置をテレビで放映される恐れもある」

「指揮本部に頼みましょう。現場ではマスコミを抑えきれません」

「わかった。部長にやらせよう」

「部長にやらせる……？」

下平は怪訝《けげん》そうな顔をした。「刑事部長のことですか？」

「そうだ。私から伊丹に電話する」

「そうか、あなたが……」

下平は、しげしげと竜崎を見た。

「何だ？」

「警察庁から所轄署の署長に異動になった方がおられるという話を聞きました。伊丹部長と同期の方だと……」

「そう。私は伊丹と同期だ」

「しかも幼なじみだそうですね」

こういう話をする連中は決まって竜崎と伊丹が親友ででもあるかのように誤解している。幼なじみで同期。当然仲がいいに違いないと思い込んでしまうのだ。

「小学校がたまたまいっしょだったというだけのことだ」

竜崎は携帯電話を取り出して、伊丹の携帯電話にかけた。

「竜崎か？　何だ？」

「マスコミ対策が必要だ。現場の上空でヘリが飛び回っている」

「まずいな……。わかった。報道を制限してもらうように各社に要請しよう」

「急いでくれ。じきに機動隊が駆けつける。その映像を犯人が見たら逆上して人質に危害を加えるかもしれない」

「すぐに手配する。刑事課長が一人で戻ってきた。そっちに詰めるつもりか？」

「ああ、現場にいる」

「考えたな。署長が最前線に出れば、批判しようと手ぐすね引いていた連中も少しは考え直すだろう」

竜崎は、この言葉に驚いた。

「そんなことは考えてもいなかった」

「ともあれ、おまえがそっちで指揮を執ってくれれば心強い」

「いや、指揮を執るのはＳＩＴに任せた。彼らは専門家だ」

「おい、係長に指揮権を与えるというのか？　それはまずい。形だけでいいからおまえが前線本部の本部長をやれ。権限を握っておかないと、いざというときにまずいことになるぞ」

「いざというとき？」

「現場というのは、いつ暴走するかわからない」

「暴走？　そんな事態になったら、俺が本部長をやっていてもどうしようもない」

「だから、そういうことがないように手綱を締めるんだよ」

竜崎は方針を変えるつもりはなかった。

「現場の指揮は、ＳＩＴに執らせる。何か問題が起きたら……」

竜崎は、小さく深呼吸した。「俺が責任を取ればいいんだろう」

「まあ、そういうことだ」

電話が切れた。

相変わらず伊丹は、組織内でいかにそつなく動くかだけを考えているようだ。事件を解決することが先決だろう。竜崎はそう思いながら携帯電話をしまった。

7

「犯人との連絡はまだつかないのか?」

　ＳＩＴの下平係長の声が前線本部内に響いた。携帯電話を片手に持ったＳＩＴの捜査員がこたえる。

「まだ誰も電話を取りません」

　あれから犯人は沈黙したままだ。発砲は午後九時四十五分頃に二発だけ。それから一時間以上経《た》つが、その後は一発も撃っていない。

「何かいい匂《にお》いがします」

『磯菊』のそばに詰めている捜査員から、そういう無線連絡があったのは、午後十一時十分頃のことだった。

「いい匂い……?」

　前線本部の無線係が応じた。「どういうことか?」

「『磯菊』の一階店舗部分で、煮炊《にた》きの様子」

　捜査員たちがベランダに駆け寄った。竜崎も彼らの後ろのほうから『磯菊』の一階部分を見下ろした。たしかに明かりがついている。

「犯人も人質も食事をしていなかったからな……」

ＳＩＴの一人が言った。その同僚がそれにこたえた。

「小料理屋だからな……。仕入れはしていなくても、食料の蓄えはあるだろう」

「犯人が人質に料理をさせているということだろうな」

下平が無線で尋ねた。

「中の様子を見ることはできないか？」

しばらくして応答がある。

「ファイバースコープを使ってみます」

ファイバースコープと呼ばれるのは、基本的には胃カメラなどと同じ構造のカメラだ。くねくねと曲がりくねった細い経路でも映像を送ってくることができる。現場ではパソコンに映像を送ることが多い。

現場で見ているのと同様の映像が前線本部にも送られてくる。捜査員たちは、映像が映し出されるノートパソコンの前に移動した。

意外なほどはっきりとした映像が見て取れた。ファイバースコープを操る捜査員は、スコープの先端をどこかから室内に差し込んでいるようだ。

「どこから入れているのだろう……」

竜崎がつぶやくと、ＳＩＴの下平が即座にこたえた。

「換気扇です」

部下が何をしているのか、百パーセント把握しているという自信を感じさせた。

画面のほぼ中央をカウンターが横切っている。手前が厨房《ちゅうぼう》になっている。下平が言うとおり、換気扇のところからファイバースコープを差し込んだと思われる映像だ。

その映像が少しずつ移動していく。担当捜査員がファイバースコープを動かしているようだ。誰かが料理をしている様子だ。男のようだ。おそらくこの店の店主だろう。

「静止画を取り込め」

下平が命じた。係員がすぐに画像をキャプチャする。

「映像に映る人物をすべて特定するんだ」

プリンタが唸《うな》りを上げはじめ、料理している人物の画像を何枚か吐き出した。

さらに映像が移動していくと、店の奥のほうに二人の人間がうずくまっているのが見えた。画像は不鮮明だが、男と女であることが辛うじてわかる。

係員はその画像もキャプチャしてプリンタに送り出した。

プリントアウトされた画像を手に捜査員たちが外に向かう。近所で聞き込みをするためだ。

　ほどなく無線で連絡が入る。

「人物確認。カウンター内、料理をしているのが『磯菊』の経営者、源田《げんだ》清一《せいいち》、五十三歳。店内奥の二人のうち、一人は源田芳美《よしみ》、四十五歳。源田清一の奥さんで『磯菊』従業員。残りの一人は不明。犯人と思料される。繰り返す、カウンター内、料理しているのが……」

　無線係が応じる。

「前線本部、了解」

　その無線の内容をすぐに、指揮本部に送った。プリントアウトする段階で、同じ画像をデータで指揮本部にも送っている。

　指揮本部の特命班がすぐに動きはじめて、残りの一人が犯人かどうかを確認するはずだ。その段階で、犯人の氏名が明らかになる。氏名がわかれば生い立ちなどの素性がわかる。交渉の際におおいに役に立つ。

　何も知らない相手と交渉するのと、ある程度素性が知れている相手と交渉するのとでは雲泥《うんでい》の差がある。

　犯人の身元については指揮本部に任せればいい。前線本部は、人質を無事救出することに全力を尽くさなければならない。

すでに機動隊が到着して周囲を固めている。ふと気づくと、ヘリコプターの音が聞こえなくなっていた。伊丹が各社と話をつけたのだろう。

立てこもり事件というのは、誘拐事件に次いで対応に神経を使わなければならない。殺人事件などと異なり、立てこもりや誘拐事件、ハイジャックなどは、現在進行している事件だからだ。

誘拐事件ならば、すぐにマスコミ各社は報道協定を結ぶ。立てこもりもそれに準じる報道制限が必要だ。

下平がＳＩＴの捜査員の一人に尋ねた。

「どこの機動隊が来た？」

「品川だから、第六でしょう」

下平の表情が曇った。

「第六……？」

こたえたＳＩＴの捜査員も同様に難しい顔をしている。

第六機動隊が何か問題なのだろうか。竜崎は気になったが、今余計な質問で下平をわずらわせたくはなかった。

それから約十五分後、指揮本部から無線で連絡があった。

「画像内の不明だった人物の身元を確認。瀬《せ》島《じま》睦利《むつとし》、三十六歳。瀬島は、瀬戸内海の瀬、島根県の島。睦利は、睦《む》月《つき》如月《きさらぎ》の睦、利益の利。逃亡中である、高輪三丁目の消費者金融強盗の実行犯と思料される」

やはり、三人の犯人のうちの一人だったか。竜崎は、伊丹が言ったことを思い出していた。キンパイでミソをつけ、さらに取り逃がした犯人の一人が管内で立てこもり事件を起こしたとなると、竜崎の立場はかなりまずいものになるという。

例の第二方面本部の野間崎管理官あたりが、喜んですっ飛んで来そうだ。

そんなことを気にしているときではないと、竜崎は思った。

今第一に考えなければならないのは、人質の身の安全だ。安全をいかに確保するか。その方策を考え出さなければならない。

「班長……」

ＳＩＴの捜査員が下平に呼びかけた。

「何だ？」

「機動隊の小隊長が話をしたいと言ってきてますが……」

「小隊長……？　六機の小隊長か？」

「はい。第六機動隊の第七中隊です」

「やっぱり来たか……」

下平はますます渋い表情になった。第六機動隊の何がそんなに問題なのだろう。SITの捜査員たちは一様に緊張した面持ちだ。

これまでなるべく邪魔をしたくないと思い、口を挟むことをひかえていた竜崎だったが、さすがに質問せざるを得なかった。

「第六機動隊の第七中隊というのは、何のことだ?」

下平がこたえた。

「各機動隊が第六中隊までしかないのはご存じですね」

「そうか……」

竜崎はそこまで言われて思い出した。「SATか……」

下平はうなずいた。

「おそらく、SATが主導権を握りたがっているのでしょう」

なるほど、SITが刑事部でテロや立てこもり、ハイジャック犯などに対処するために組織され、日々訓練を続けているとしたら、ほぼ同じ目的で警備部内に組織されたのがSATだ。

こちらは、ドイツの特殊部隊GSG－9などを手本にした突入部隊だ。自動小銃やスナイパーライフルで武装している。

当然、刑事部と警備部では考え方も違えば対処の仕方も違ってくるはずだ。端的に言うと、SITの最大の武器は情報と交渉力だが、SATの最大の武器は文字通り制圧のための武力だ。

「どうしますか？」

SITの下平が竜崎に尋ねた。彼は竜崎を本部長と考えているようだ。竜崎は即座にこたえた。

「あんたが判断してくれ。所轄《しょかつ》の署長には判断材料が少なすぎる」

「長い間、警察庁にいらしたのでしょう？」

下平は、竜崎の言葉を皮肉と取ったのかもしれない。

「だから現場のことはよくわからないんだ」

下平はうなずいた。

「わかりました、私が話をします。両者の話を聞いて署長が決めて下さい」

たしかに、係長と小隊長に現場の主導権争いをやらせるのは酷かもしれない。ここは、竜崎がさばくべきだろう。

「わかった」

下平は捜査員に、ＳＡＴの小隊長を呼ぶように言った。プロテクターを装着した精《せい》悍《かん》な男が部屋に現れた。たしかに、普通の機動隊の装備とは違う。かなり軽量化されているし、実戦的な感じがした。警察というより軍隊に近い。

「第六機動隊の石渡《いしわたり》です」

「小隊長ですね」

下平が確認した。

「そうです」

これで二人がほぼ対等の役職にあることが明らかになった。警察組織においては係長と小隊長は同等だ。

石渡小隊長が下平の次の質問を待たずに、きびきびとした口調で言った。

「すでに、部下は必要な場所に配備してあります。必要なときにはすぐに突入できますし、狙撃《そげき》の準備もしています」

「現在、犯人との接触を試みているところです」

「ということは、まだ相手と連絡が取れていないということですか?」

「電話をかけていますが、誰も出ません」

「人質が無事かどうかもわからないわけですね？」

「いえ、それは確認が取れています。ファイバースコープで人質の一人が調理しているのが確認されましたし、もう一人の人質も今のところは無事です」

「調理……？」

「どうやら犯人が要求したようです。小料理屋ですからね」

「では、出前持ちに化けた捜査員が犯人と接触することもできないというわけですね」

もしかしたら、この言葉はＳＩＴを揶揄《やゆ》しているのかもしれないと、竜崎は思った。ドラマなどで使われることの多い手だからだ。下平も当然それに気づいているはずだ。

だが、下平は平静にこたえた。

「そうです。その手は使えません」

「犯人は拳銃《けんじゅう》を持っている。しかも、実包を十発以上持っている恐れがあると聞きました」

下平はうなずいた。

「立てこもっている犯人は、昼間、高輪で起きた強盗事件の実行犯の一人です」

「その事件の犯人のうち二人の身柄が確保されたと聞いておりますが……」

「そうです。立てこもり犯の情報も、その二人から得ました。名前は、瀬島睦利、三十六歳。元金融業者で現在は無職ということです」

「交渉の目処《めど》が立たないことにはどうしようもありません。何とか連絡をつけてください」

「とにかく電話を鳴らし続けます」

「タイムリミットはどれくらいとお考えですか？」

「そうですね……」

　ＳＩＴの下平は、三秒ほど考えてからこたえた。「三日ですね」

「悠長な……。人質の体力のことも考えてください」

「充分に考えてあります。近所の聞き込みでわかったことですが、人質の二人には特別な持病もないそうです。年齢から考えて、ぎりぎり三日は持ちこたえてくれるでしょう。立てこもりの場合、体力を消耗するのは人質よりも犯人のほうです。犯人は三十六歳と若い。それらのことを考え合わせて、タイムリミットは三日と申し上げたのです」

　つまり、下平は三日かかってもいいと言ったわけではない。石渡の質問に正確にこたえただけのことだ。

「早期解決」

石渡は言った。「それが人質の安全確保にもつながると思いますが……」

「当然、私たちもそう考えています。今は、犯人と接触することが第一です」

「犯人は接触を拒否している。そう考えていいんじゃないですか？」

「立てこもり犯は、必ず接触してきます。犯人にとっても電話しか頼るものがないのです」

「それならば、なぜこの犯人は電話に出ないのです？」

「まだ、わかりません」

「わからないじゃ済まないでしょう」

「憶測で動くわけにはいきません」

下平の言葉は、プロらしさを感じさせた。彼は「わからない」と言ったのではない。「まだ、わかりません」と言ったのだ。つまり、いずれは判明するかもしれないが、現時点では明らかになっていないということだ。わからないことについていい加減なことを言うよりずっと正しい態度だ。

一方、石渡の言い分もわからないではない。

残された時間が無限にあるわけではない。時間が経《た》てば経つほど状況は切迫してくる。

人質の消耗度も心配だし、犯人が自暴自棄にならないとも限らない。

このまま、犯人との連絡が取れなければ、強硬手段も視野に入れざるを得なくなるだろう。それは、下平から石渡に主導権が移ることを意味している。そして、石渡は明らかに主導権を握りたがっている。SATは実績がほしいのだ。

SATの存在が世間に知られるようになったきっかけは、一九九五年に函館空港で起きた全日空機のハイジャック事件だった。それ以来、警察の対テロ部隊として、装備や訓練内容などは極力秘密にしたまま、実績を上げることに躍起になっている。

警察庁にいた竜崎はその背景をよく理解していた。一九七七年のことだったか、ダッカの日航機ハイジャック事件を機に、政府は強襲型の特殊部隊の設立を計画した。だが、社会党の猛反対で断念したという経緯がある。その年に警視庁と大阪府警が秘密裏にSATを組織した。

国ができないことを地方自治体に押しつけた恰好《かっこう》になったわけだ。

SATは、そうした政府のごまかしの上に誕生している。一方、SITのほうは誘拐事件や企業恐喝事件のたびに活躍しており、評価が確定している。日夜厳しい訓練を積んでいるSAT隊員たちの中にすっきりしない思いがあることは容易に理解できる。

脚光を浴びないまでも、社会的に認知されたいと思うのが人情というものだ。

「我々はどれくらい待てばよろしいのか？」

石渡の口調がやや強くなった。下平はあくまでも冷静にこたえた。

「犯人の出方を見る。現時点ではそれしか言えません」

「それでは手遅れになる恐れがあります」

「犠牲者を出すわけにはいかない。それが、我々の立場です」

「それは、我々も同じだ」

下平は、竜崎のほうを見た。

「どうしますか？」

石渡が怪訝《けげん》そうな顔で竜崎を見た。そこに竜崎がいることに、今気づいたという態度だった。

下平が石渡に言った。

「前線本部長をやっておられる大森署の竜崎署長です」

石渡はさっと挙手の敬礼をした。帽子をかぶっていないときは、頭を下げる通常の礼をするのが一般的だ。だが、装備をつけたＳＡＴは挙手の礼をするようだ。

下平は先にゲンチャクし、状況を充分に把握している。しかも、誘拐事件や人質を取っての立てこもり事件などのために日々訓練を積んでいる。

一方、石渡も事件解決に自信を持っており、人質の安全のためにも早期解決が望ましいと強く思っている様子だ。

どちらの言い分にも一理ある。そして、どちらの立場も理解できる。竜崎は苦しい選択を迫られることになった。だが、こうした難しい局面で判断を下すために管理職がいるのだと、普段から自覚している。

冷静に考える必要がある。竜崎は、石渡に質問した。

「君たちの方法で、人質が危険にさらされる恐れはどれくらいある?」

「我々は、赤外線センサーなどを駆使して、屋内の人間の動きを察知することができます。人質が犠牲になる確率は十パーセント以下に抑えられると思います」

一割か。竜崎は考えた。この場合の一割というのは、どの程度の危険を意味するのだろう。ぴんとこなかった。そういう場合は、専門家に訊《き》くに限る。下平に尋ねた。

「それについて、君はどう思う?」

「たてまえでは、人質の安全を百パーセント確保しなければなりません」

「本音を聞きたい」

　下平は、数秒考えた。

「十パーセントは悪くない数字だと思います」

　竜崎はさらに石渡に質問した。

「さきほど、下平君は、タイムリミットが三日だと言ったが、君はそれが長すぎると言った。何が一番問題だ?」

「二つあります。第一に先ほど申しました人質の消耗。第二に狙撃隊の集中力です。狙撃隊の集中力は時間を追うごとに低下します。つまり、成功率が低下するわけです」

「交替で休憩を取らせてはどうだ?」

「もちろんそういう態勢です。それでも、何時間も現場に詰めていると、集中力は低下します。狙撃というのは、数センチの間違いも許されないのです」

　伊丹に連絡を取って、指揮本部の指示を仰ぐべきだろうか。竜崎は一瞬、そう考えた。たいていの警察官はそうすべきだと言うだろう。指揮本部に責任を預けてしまったほうが楽だ。

　だが、それでは前線本部の意味がない。それでなくても、指揮本部にはさまざまな情報が集中し、錯綜《さくそう》しているはずだ。

現場のことは現場で考える。そういうフレキシブルな態勢が竜崎の理想だ。

「先にゲンチャクして、前線本部を作ったのはＳＩＴだ。だから、我々大森署もＳＩＴの下平君の指揮下に入っている。機動隊はあくまで前線本部の要請で出動したのだ。だから、石渡君たち機動隊もその原則に従ってもらう」

石渡は厳しい表情で竜崎を睨《にら》んだ。だが、反論はしなかった。

「ただし……」

竜崎は続けた。「状況が変わったら、その限りではない。タイムリミットは三日と、下平君は言ったが、事件をそんなに長引かせるつもりはない。明朝までに、犯人と連絡が取れない場合は、交渉を拒否していると考えて、ＳＡＴの強襲も視野に入れる。そのつもりで待機してくれ。狙撃手は重要な役割だ。能力がいかんなく発揮できるように、充分考慮してくれ」

石渡の眼差《まなざ》しから敵意が消えた。

「了解しました」

彼は敬礼して、前線本部を出て行った。

「突入は、人質にとって危険ですよ」

石渡が出て行くのを確認してから、下平が言った。

「浅間山荘のときだって、けっきょくは突入したんだ。犯人を検挙しないことには事件は終わらない」

下平は、何も言わなかった。

こういう事件の場合、刑事部と警備部ではどうしても対処の仕方が違ってくる。刑事部では、あくまで犯人の身柄確保を重視する。古い言い方をすれば、ホシを挙げるのが刑事だからだ。

NTTの職員がようやくやってきて、特設電話を設置する作業を開始した。それを眺めながら、竜崎は、長丁場になるような嫌な予感を抱いていた。

電話の設置作業はすぐに終わり、SITの捜査員は、『磯菊』の呼び出しを、携帯から特設電話に切り替えた。

特設電話には同時録音機が設置されている。録音される通話は、前線本部に持ち込まれたスピーカーによりその場にいる全員が聞くことができるし、そのままそっくり無線で指揮本部に飛ばしている。指揮本部でも同様にスピーカーで通話の内容を聞くことができるのだ。

『磯菊』では、電話が鳴り続けているのだろう。その音が犯人の苛立《いらだ》ちを助長させなければいいがと、竜崎は懸念《けねん》していた。電話のベルを鳴らしつづけることは、危険なのではないかとさえ思った。

だが、専門家のＳＩＴがやっていることだ。それが最良の方法なのだろう。

考えてみれば、犯人とコミュニケーションを取らない限り、どうすることもできないのだ。江戸時代ではないのだから、問答無用で斬《き》り捨てるわけにもいかない。

犯人を説得するのが一番なのだ。そして、ＳＩＴは、説得の仕方を心得ているはずだ。話をしなければ、交渉の道は開かれない。さきほど、下平は、犯人が必ず接触してくると断言した。犯人にとっても電話しか頼るものがないのだと……。

なるほどと竜崎は思った。

もはや犯人に逃げ道はない。『磯菊』の周囲は警官隊に囲まれている。あとは条件闘争しかないはずだ。

だが、人間、特に犯罪者となるような人間は、そうした合理的な考え方ができないことがしばしばだ。合理的に物事を判断できる人間は、犯罪に手を染めるようなことはない。少なくとも、その選択肢に飛びつくことはないだろう。

多くの犯罪者は弱者だという考え方もある。社会的弱者が犯罪に走るのだと主張する者たちがいる。簡単にいえば、他に選択の余地がないから罪を犯すのだということだ。

冗談ではないと竜崎は思う。社会的な弱者のすべてが犯罪者になるわけではない。自分が属する社会の約束事を守れない人間は、その社会に所属する資格はない。それがルールだ。

警察官をはじめとする司法関係者は、このルールのために存在するのだ。竜崎は、そうした原則を大切にしてきた。

罪人は裁かれなければならない。だが、そのためには、あらゆる事実を明らかにしなければならない。

突然、録音機が作動しはじめた。スピーカーから電話が接続したときの独特のノイズが聞こえる。『磯菊』にかけていた電話が通じたのだ。

前線本部内に緊張が走る。

「もしもし……」

捜査員が呼びかける。

「うるせえ。電話をかけてくるな」

スピーカーからだみ声が飛び出した。

そして、電話が切れた。

前線本部内の誰もが身動きを止めていた。電話担当の捜査員が下平を見ていた。下平が言った。

「電話をかけ続けろ」

「わかりました」

電話担当の捜査員が、再びリダイヤルボタンを押す。

竜崎の携帯電話が振動した。着信だ。相手は伊丹だった。

「今のはどういうことだ？」

「わからん」

竜崎はこたえた。「折り返しかける」

電話を切ってから下平に尋ねた。

「指揮本部では、説明を求めている。今の反応はどういうことなんだ？」

下平は落ち着いて見えた。

「犯人が苛立っているということでしょう」

「電話のベルが延々と鳴り続けているんだ。犯人は相当に苛立っているはずだ。人質に対しても心理的負担になるかもしれない。これ以上、刺激しないほうがいいんじゃないのか？」

下平はかぶりを振った。

「電話を鳴らすことで、話をしたいというこちらの意思を示すことになるのです。犯人からすれば、まだ交渉の余地があるという意味になります。ここで電話をかけるのをやめたら、犯人は疎外感《そがいかん》を覚えるでしょう。それはかえって危険なのです。人質にしてもそうです。電話を鳴らすのをやめたら、見捨てられたと思うかもしれません。こちらから働きかけることが大切なのです」

「相手は電話をかけてくるなと言った。これは交渉の拒否ということなんじゃないのか?」

「いいえ。優位に立とうとしているだけです。俺は話なんかしたくないが、そっちがどうしてもというのなら、話をしてやってもいい……。そういう意思表示ですね。おそらくもうじきまた電話を取るはずです」

「その判断に間違いはないな?」

「はい」

竜崎は、伊丹に電話した。呼び出し音一回で出た。

「それで……?」

「SITの係長の話では、相手が優位に立つために通話を拒否しているのだということだ」

「どのくらい電話をかけ続けているんだ?」

竜崎は時計を見た。十一時五十分を少し過ぎたところだ。

「二時間近くだな」

「二時間近く電話をかけて、ようやく犯人が応答したが、電話をかけてくるなと言ってすぐに切った……。これは、あまり望ましい展開じゃないと思うが……」

「こういう事件に望ましい展開なんてあるのか?」

「判断を間違っているんじゃないのかと言ってるんだ」

「俺はそうは思わない」

「つまり、おまえはＳＩＴのやり方が正しいと考えているんだな」

「彼らの判断を疑う理由は、今のところ、ない」

「それを聞いて安心した」

「どういう意味だ?」

「ＳＡＴが行っただろう」

「来ている」

「警備部に主導権を握らせたくないんでね。あくまで、刑事部主導で事件を解決する」

　また縄張り意識か。

「おい、そういうことは本庁《ホンブ》の中だけでやってくれ」

「俺にも立場があるんだ。じゃあ……」

　電話が切れた。

『磯菊』にかけている電話に応答があってから、十五分が経過した。あれ以来応答はない。すでに午前零時を過ぎた。

　電話をかけることが、犯人と人質に安心感を与えるのだという意味のことを下平が言っていたが、逆にプレッシャーをかけているのではないかという思いが強くなってきた。

　さらに十分が経過する。事態は動き出さない。

　また携帯に着信があった。伊丹かと思って表示を見ると、娘の美紀からだった。緊急時に家族から電話が来ると、つい不機嫌な声になってしまう。最前線で戦っている最中に家庭の話はしたくない。

「どうした？」

　美紀の声は明らかにうろたえていた。

「お母さんが、血を吐いて倒れたの。今、救急車を呼んでる」

一瞬、何を言われたのかわからなかった。脳の中に類似の記憶がないために参照できないのだ。

「何だって……?」

「お母さんが倒れたの。救急車で病院に運ぶ」

頭の後ろを殴られたような気がした。

「わかった」

竜崎はそう言うのがやっとだった。

「とにかく、私、病院まで付き添うから……」

「ああ、そうしてくれ……。悪いが、父さんは戻れない」

「じゃあね」

「ああ、待て……」

竜崎もうろたえていた。「母さんは今、どんな具合なんだ? 意識はあるのか?」

「意識はある。でも苦しんでる。あ、救急車が来た。じゃあ……」

「病院で何かわかったら知らせてくれ」

「わかった」

電話が切れた。美紀の声の向こうで救急車のサイレンが聞こえていた。
竜崎は携帯電話を握ったまま、呆然《ぼうぜん》としていた。

8

何か考えようとしても、思考がなかなかまとまらない。

幸いにして、現場は下平がすべて仕切ってくれているので、竜崎は特に指示を出さずにいられた。

家のことや家族のことは、すべて妻の冴子に任せきりだった。だからこそ、国家公務員の責務を全うできる。そう竜崎は考えていた。

国家公務員というのは、国のために己を捨てて働くべきだ。いわば、戦国武将のようなものなのだ。家庭のことに煩《わずら》わされていては、思う存分働くことはできない。

それ故《ゆえ》に、妻の役割は大きいと思っていた。その妻が倒れた。足もとが崩れていくように感じていた。

美紀は、冴子が血を吐いて倒れたと言っていた。その症状は尋常ではないと感じられた。いったい、妻の身に何が起きているのか。一刻も早く、詳しい事情が知りたかった。

あれ以来美紀から連絡はない。電話があってから、もう二十分以上経《た》っている。時計は深夜の十二時半を指している。

体調が悪いと言っていた。あのとき、無理やりにでも病院に行かせるべきだった。今そんなことを考えても仕方がない。とにかく、美紀からの知らせを待とう。さきほどまで竜崎の世界のすべてを占めていた前線本部の光景が遠ざかっていったような気がする。

捜査員が特設電話をリダイヤルする。その姿が妙に遠くに感じられる。下平は、電話係を見つめつつ、時折地上にいる係員と無線で連絡を取り合い、状況を確認している。その声も妙に遠くから響くように感じられた。

こんなことではいけない。

竜崎はなんとか自分に言い聞かせようとした。

もっと集中しなければ……。

だが、ついさきほどの妻の様子を思い出してしまう。平気だと言っていたのは、単なる強がりだったのか。あるいは、本人もそれほどの症状だとは思っていなかったのだろうか。

病気になったとき、たいていの人は、自分がたいした症状ではないと思いたがる。そして判断を誤るのだ。

乾いた炸裂音《さくれつおん》が聞こえて、竜崎ははっと現実に引き戻された。捜査員たちが、いっせいにベランダのほうに殺到した。

電話係の捜査員も受話器を耳に当てたまま、ベランダのほうを見ている。下平が無線に向かって大声を上げているのが見えた。

銃声がしたのだ。犯人がまた発砲したらしい。

「状況は？　発砲したのは犯人か？」

ようやく下平のわめき声が、竜崎の耳に意味をなして届いてきた。

「発砲音は二階の窓。繰り返す。発砲は二階で行われた。戸外に向けて撃たれた」

下にいる捜査員から返電がある。指揮本部でもその無線連絡を傍受しているはずだ。

戸口にＳＡＴの石渡が現れた。

「三度目の発砲です。このままだと被害者が出る恐れがあります。隊員に発砲を許可してよろしいですね」

石渡の勢いを押しとどめるにはこちらにもそれ相応のエネルギーが必要だった。竜崎は一瞬ためらった。ＳＡＴに銃撃を許可したら、もう後には引けない。だが、犯人は銃を持っており、三度目の発砲があった。警察官をふくめ犠牲者を出すわけにはいかない。

日本の警察は何のために銃を持っているのかと、海外の司法関係者からよく言われる。銃は撃つためにあるのだ。そして今、状況は逼迫《ひっぱく》している。

竜崎はこたえた。

「よろしい。発砲を許可する」

本来ならば、刑事部長であり指揮本部長の伊丹におうかがいを立てるべきなのかもしれない。だが、そんな余裕はないと、竜崎は判断したのだ。

石渡は、即座に無線を取り出し、その場でＳＡＴ全員に発砲の許可を与えた。その瞬間に、あたりの空気がきな臭くなったような気がした。たしかに雰囲気が変わった。

事件現場が戦場に変わった。そういう感じだった。

下平は何も言わず、そのやり取りを聞いていた。石渡が部屋を出て行くと、下平は言った。

「まだ、犯人を説得できる余地はあります」

「わかっている」

竜崎はこたえた。「突入を命じたわけではない。発砲の許可を与えただけだ」

電話係が、『磯菊』への架電を再開した。下平には今までにない焦《あせ》りの色が見て取れた。おそらく思惑が外れたのだろうと、竜崎は思った。

A案がだめならB案だ。ＳＡＴに発砲の許可を与えた時点で、主導権はＳＡＴに移ったと考えるべきだろう。

ふと、伊丹の言葉が頭をよぎった。

知ったことか。竜崎は思った。まず、事件を解決することが先決だ。事件が早く解決すれば、それだけ早く妻が運ばれた病院に行ける。

「なぜだ……」

下平が言った。「なぜ犯人は電話に出ないんだ」

犯人を生きたまま身柄拘束したい。その熱意が感じられた。しかし、状況は下平が考えているより深刻なのかもしれない。

犯人は生きて逮捕されるより、死んだほうがいいと考えているのだろうか。その可能性はおおいにある。充分に冷静なら、死ぬより生きて逮捕されたほうがずっといいことがわかる。

だが、今犯人はおそらく極限状況にあるのだ。そういう場合、しばしば一番望ましくない結果を選択してしまう。人間というのは不可解な生き物だ。人の行動は合理性だけでは説明がつかない。

今、『磯菊』に立てこもっている犯人は、すでに死を覚悟している恐れがある。だとしたら、交渉の余地はないかもしれない。

無線係が竜崎のほうを見て告げた。

「本部長宛《あて》に入電。SATの石渡小隊長からです。突入の許可を与えられたし、とのことです」

下平がさっと竜崎を見た。

「まだ早すぎます」

下平は必死だった。「犯人は十発前後の銃弾を持っていると思われます。今、突入したら双方に甚大《じんだい》な被害が出るでしょう」

竜崎は考えた。ここで判断を間違ったら、取り返しのつかないことになる。

「指揮本部から入電」

無線係がさらに告げた。

「前線本部長宛、指揮本部長からです。無線でなく、携帯電話で連絡を取りたしとのことです」

竜崎はすぐに伊丹に電話をかけた。

「SATからの無線を傍受した。突入だって？　どうするつもりだ？」

「おまえに、おうかがいを立てようかと考えていたんだ」

「SATにはやらせるな。これはテロでもハイジャックでもない」

「だが、立てこもりはハイジャックと同じ性格の事件といえる」

「SITがいるだろう」

「犯人が電話に出ない。さっきの応答はそちらでも聞いているだろう」

「電話以外に手はないのか？」

「ちょっと待て、SITの下平係長に訊《き》いてみる」

耳から携帯電話を離して、下平に尋ねた。

「伊丹部長が、電話以外に方法はないのかと尋ねている」

下平は即座にこたえた。

「拡声器等で呼びかけることはできます」

「成功する目算は？」

下平は一瞬言葉を呑《の》んだ。判断を迷っているのだろう。

「電話に出ないことを考えますと、拡声器で呼びかけても、反応があるかどうかはわかりません」

竜崎は、そのままを伊丹に伝えた。

伊丹は、うなった。

「突入訓練なら、ＳＩＴもやっているはずだ」

竜崎はこの一言に驚いた。

「ＳＡＴが来ているんだぞ。突入の専門家だ。それを待機させておいて、ＳＩＴに突入させる理由がない」

伊丹と話をしながら、竜崎の考えはまとまってきていた。

交渉して犯人を投降させ、人質を無事に救出する。それがもっとも理想的な展開だ。そのためにＳＩＴの下平係長に指揮を任せたのだ。

だが、状況は変わった。犯人は交渉に応じるどころか、電話にも出ようとしない。そして、さらに拳銃《けんじゅう》を一発撃った。

人質の身の安全を考えれば、これ以上ぐずぐずしてはいられない。

伊丹が言った。

「おまえは、ＳＡＴに突入の許可を与えるつもりか？」

竜崎はきっぱりと言った。

「そのつもりだ」

下平をはじめとしたＳＩＴの捜査員たちがその場で凍り付くのが気配でわかった。

短い沈黙。その後に伊丹が言った。

「それは、現場のおまえの判断だ。いいか、俺はＳＩＴを使えとアドバイスした。だが、おまえはそれを聞き入れず、ＳＡＴを使おうとした。そのことだけは忘れるな」

「アドバイスだって？」

竜崎は困惑した。「妙なことを言うな。指揮本部長のおまえなら、命令を出せるはずだ」

伊丹はそれにこたえなかった。

「いいな。ＳＡＴの突入は、あくまで前線本部長のおまえの判断だ」

竜崎は気づいた。伊丹は、この事件がどういう決着を見るにしろ、責任は竜崎にあると言いたいのだ。

責任なら取ってやる。

「わかった」

竜崎は言った。電話を切ると、すぐに無線係に命じた。

「ＳＡＴの石渡小隊長を呼び出せ。前線本部長の権限で、突入を許可すると伝えろ。ただし、人質の安全については細心の注意をはらえと言え」

「了解」

竜崎の指令がＳＡＴに伝えられる。

あとは、成り行きを見守るしかない。ＳＩＴの下平がヘッドセットを外した。それを見た竜崎は言った。

「君たちは現場を外されたわけじゃない。さあ、できることをやるんだ。電話をかけ続けろ」

下平は、ためらいを見せた後に、気を取り直したようにヘッドセットを再び装着した。電話係がリダイヤルボタンを押した。

その姿を眺めながら、竜崎はまた家を出てくる直前の妻の様子を思い出していた。

午前一時。ＳＡＴに突入の許可を与えてから二十分ほどが過ぎた。

ＳＡＴは、頻繁に無線の連絡を入れてくる。赤外線センサーや集音マイクなどで屋内の人物の動きを探っているようだ。狙撃手《そげきしゅ》からの連絡も入る。

前線本部に入る無線は、同時に指揮本部にも入っている。指揮本部では伊丹も無線を聞いているはずだ。

ＳＡＴは、決して事を急いではいない。さすがによく訓練されていると竜崎は思った。無線を聞く限りでは、彼らは慎重に行動している。

機動隊の一小隊は、三分隊から成っている。分隊は、分隊長一人と隊員四人によって構成されている。SATも同じだ。

今、各分隊は『磯菊』を立体的に取り囲んでいる。つまり、一つの分隊が地上で周囲を固め、二分隊が二階へよじ登って窓の外から突入の機をうかがっている。

また、それぞれの分隊には狙撃手がおり、現在計三人の狙撃手が別々の位置から『磯菊』の窓や出入り口に狙《ねら》いを定めている。狙撃手の位置は、指揮本部や前線本部にも報告されていなかった。

無線は傍受される恐れがある。狙撃手はSATにとっても最後の手段だ。その最終手段を犯人側に知られる危険を避けるためだ。

前線本部では、SITの捜査員が犯人と接触しようという試みを続けていた。もし、犯人と連絡が取れたら、竜崎は即座に、SATの突入を中止させるつもりだった。

犯人はいっこうに電話に出ようとしない。

竜崎は前線本部にいる間だけでも、妻のことを忘れて事件のことに集中しようとしていた。無線の声に耳を傾け、下平の行動に注目しようと努力していた。

だが、常に妻のことが頭の隅にひっかかっていた。どうしても、事件のことだけに集中できない。

「妙だな……」

下平がそうつぶやいた。竜崎は、美紀にこちらから電話をかけてみようかと考えていたところだったので、思わずはっとして下平のほうを見た。

下平は思案顔だった。

竜崎は尋ねた。

「何が妙なんだ？」

「いえ、こういうことを言うと、言い訳に聞こえるかもしれませんが、立てこもり犯がこれだけ電話に出ないというのはたいへん珍しいことなんです」

「さっき一度電話に出たじゃないか。そして、交渉を拒否するという態度表明をしたんだ」

「いや、一度受話器を取った犯人は、必ずまた取るものなんです。そして、だんだん受話器を取る時間的な間隔が狭まっていき、やがて回線がつながりっぱなしになる。それが通常のパターンなんです」

「すべてのケースがそのパターンにはまるわけじゃないだろう」

「この類《たぐい》の犯罪というのは、不思議なほど類型化されているのです。だから我々特殊班は成果を上げることができるのです」

竜崎は、下平の発言がたいして重要なものとは思わなかった。犯罪者にはいろいろなタイプがある。典型的な犯罪のパターンに当てはまる者もいれば、例外もある。

今回が例外なだけだと、竜崎は思った。

「建物の中で争っている模様」

誰かが無線でそう報告した。SATの隊員だろう。

前線本部内の緊張が高まる。誰もが身動きせず、無線の声に聞き入っている。

竜崎は言った。

「突入のタイミングは、石渡小隊長に任せる。そう伝えろ」

無線係はすぐさまそれを伝える。伊丹がまた何か言ってくるかと思った。だが、ありがたいことに、無線も電話もなかった。

「まだだ……」

無線から石渡の声が聞こえてくる。「まだ待機。動くな」

また発砲音が響き渡った。

「行くぞ。突入！」

石渡の声が無線から流れてきた。外が騒然となった。ガラスが割れる音、木材が割れるめきめきという音。何かがひっくり返る音、そして、怒号とおびただしい靴音。

竜崎は、前線本部を出て地上に向かった。明らかに今までの拳銃とは違った銃声が続けざまに響いた。おそらく、SATがサブマシンガンをセミオートで撃っているのだろうと、竜崎は思った。

SATがドイツ製のサブマシンガンを装備しているということは、今では一般にも知られている。

『磯菊』から少し離れたところに、大森署の強行犯係の連中が固まっていた。彼らはぽかんと出入り口のほうを見つめている。彼らもSATの突入を見たのは初めてなのだ。

出入り口の引き戸は見事に破壊されていた。SATが突入の際に壊したのだろう。後日、その補償問題で、経営者と揉《も》めなければいいがと竜崎は思った。

戸をぶっこわしたのは、本庁所属の機動隊だが、おそらく弁償するのは所轄署《しょかつしょ》ということになるのではないだろうか……。

人質の安全や犯人の身柄のことより、そんなことを考えている自分にあきれる思いだった。

やがて、戸口の中から「制圧」という声が聞こえてきた。何人もの人間が繰り返し叫んでいる。

伝令し、復唱しているのだろう。

「身柄確保じゃなくて、制圧かよ……」

戸高部長刑事が皮肉っぽい口調で言った。「まるで軍隊だな」

「そのとおり」

竜崎は言った。「彼らはドイツの特殊部隊とともに訓練されているからな」

戸高は驚いたように竜崎のほうを見た。竜崎の言葉に驚いたわけではないだろう。SATがドイツの特殊部隊といっしょに訓練を受けていることは、警察官なら誰でも知っているはずだ。竜崎がそこにいることに驚いたのだ。

竜崎は歩み出て石渡の姿を探した。

石渡は、戸口のすぐそばで指揮を執っている。

「人質は無事か？」

竜崎は尋ねた。

「無事です。保護しました。今、隊員が付き添って出てきます」

「犯人は？」

石渡は、一瞬口ごもった。それから意を決したようにはっきりとした口調で言った。

「倒れています。今、生死の確認をしています」

銃撃戦で犯人が撃たれた。ハリウッド製のテレビドラマや映画ならこれで一件落着だが、日本の警察では、身柄確保よりずっと面倒なことになる。

竜崎は、この先に待っているさまざまな面倒事を予想し、暗澹《あんたん》たる気分になった。

ともあれ、人質は無事だった。それだけが救いだった。

9

前線本部の撤収作業が始まっていた。竜崎はまず、マンションの一室を提供してくれた若夫婦に礼を述べた。夫婦は興奮した様子で、迷惑がるどころか、この体験をむしろ喜んでいる様子だった。

テレビのサスペンスドラマのファンなのかもしれない。こういう好奇心は警察にとってはありがたい。

捜査員たちが機材を片付け、テーブルやソファをもとあった位置に戻す作業を眺めながら、竜崎は携帯電話で美紀を呼び出してみた。

電源が入っていないか、電波の届かないところにいるというメッセージが返ってきた。

病院にいるので、電源を切っているということか。病院では基本的に携帯電話の使用を禁止される。心臓のペースメーカーやその他の電子機器に影響を及ぼす恐れがあるからだ。

どこの病院に運ばれたのかもわからない。行くなら警察病院に行けと言ってある。

だが、救急隊員たちに、美紀がそれをちゃんと伝えられたかどうかはわからない。

警察病院に電話してみようかと思ったが、番号がわからない。普段病院などとは縁がないので、番号など持ち歩いていない。ＮＴＴの番号案内など、調べる方法はいくらでもあるが、美紀からの連絡を待ったほうがいいと思った。

前線基地の撤収作業が始まったのが、午前一時半頃だ。設置の作業より撤収作業のほうがずっと早く済む。部屋はほぼ元通りになっていた。

人質の夫婦と犯人は別々の救急車で病院に運ばれた。

人質二人に怪我《けが》はない様子だったが、精神的なケアも必要だ。もしかしたら、冴子と同じ病院に運ばれるのかもしれないと、ふと思った。

犯人については、医師の死亡確認が必要だ。死亡した時刻を書類に記入する必要がある。

医師が認定した時刻が法的な根拠になる。現場で犯人が射殺されたような場合、医者によって対応が違う。付き添いの警察官から事情を聞いて、警察官が死亡を確認した時刻を書き込む場合もあれば、法医学的に死亡推定時刻を割り出して記入する場合もある。

今日の場合は、いずれも大きな差は出ないだろう。状況から判断して、犯人の死亡

いのだ。時刻が問題になることはないはずだ。要するにちゃんとした書類がそろっていればい
その点は指揮本部に任せておけばいい。管理官たちが集まっているのだから、書類仕事はお手の物だろう。

SATは、任務終了後、何事もなかったかのようにさっさと引き上げていった。そのたたずまいも軍人のようだった。

SITの下平が肩を落としている。

携帯電話をしまうと竜崎は下平に近づいた。

「ご苦労だった」

下平は、背を丸めたまま言った。

「不本意な結果になってしまいました」

「君はよくやった。被害を最小限にとどめられたのは君たちSITの的確な指示のおかげだ」

「できれば、犯人を無事なまま検挙したかったのですが……」

「人質は無事だった。警察にも犠牲者は出なかった。結果としては上出来だ」

「そう言っていただけると、少しは気が楽になります」

そこに、大森署の戸高部長刑事がやってきた。彼は、狡猾《こうかつ》そうに下平を見ていた。

「現場を検証したんですがね、犯人が持っていたと思われる拳銃《けんじゅう》について、ちょっとわからないことがあるんですよ」

下平は怪訝《けげん》そうな顔を戸高に向けた。

竜崎も意味ありげな戸高の口調を不審に思った。

「何がわからない」

竜崎が尋ねると、戸高はどこか面白がっているような顔でこたえた。

「拳銃の中に弾は入っていませんでした。空です」

「どういうことだ？」

「ベレッタの中には、空の弾倉《マガジン》が入っていました。つまり、犯人は弾を撃ち尽くしていたんです」

竜崎は言った。

「犯人は十発以上の実包を所持しているという情報を得ていた」

「その情報、間違いだったらしいですね」

戸高はふんと鼻で笑った。

まるで、他人事《ひとごと》のような態度だった。本庁の連中が間違いを信じたということを面白がっているようだ。

所轄《しょかつ》と本庁という小さな対立関係が彼にとっては重要なのだ。それにこだわるあまり、自分も警察の一員であることを忘れている。

世間から見れば、警察の間違いであり、自分も間違いをしでかした警察の一員であるという自覚がないのだ。

こんなやつを相手にしていても時間の無駄だ。

「他に実包は見つかっていないのか？」

「見つかるもなにも、存在してないんですよ。犯人ははなっから、四発しか実包を持っていなかったんです」

「断言できるのか？」

「自分らだって、現場の捜索くらいはできますからね」

ＳＩＴやＳＡＴが来てから、ずっと現場の隅に追いやられていたことが不満なのだろうか。この巡査部長には、役割分担という発想すらないらしい。

自分の能力は棚に上げて、とにかく本庁の連中が主導権を握ることだけに不満を感じているのだ。竜崎はすっかりあきれてしまった。

こんな刑事に重要な事案を預けるわけにはいかない。誰だってそう思うだろう。

「わかった。その件については、指揮本部に上げる」

竜崎はその一言でケリをつけるつもりだった。戸高はさらに言った。

「ＳＡＴのやつらは、弾を持っていない犯人を射殺したことになるんですね」

竜崎は、下平に言った。

「犯人が所持していた拳銃の弾倉、および予備弾倉に実包が残っていなかったという報告を受けた時刻を記録しておいてくれ」

下平は時計を見た。

「午前一時三十五分。記録しておきます」

竜崎は戸高に言った。

「まだ何か報告することがあるのか？」

「いえ。以上です」

戸高は二人の前から去っていった。

下平が指揮本部に向かうというので、竜崎はその車に便乗することにした。署長車は、関本刑事課長が乗って署に帰ってしまっていた。

竜崎は、美紀にもう一度電話をしてみようかと思ったが、結局大森署に着くまで携帯電話を取り出すことはできなかった。

大森署の講堂は、ちょっとした騒ぎになっていた。激しい緊張が一気に解けた後の、狂騒状態だ。

課長や管理官といった、普段眉間《みけん》にしわを寄せているような連中が妙にはしゃいでいる。竜崎はこういう雰囲気をあまり味わったことがない。

だが、まったく経験がないわけではなかった。大阪府警本部にいた頃にも、捜査本部に立ち会った経験があった。そのときも、事件が片付いたときはこのような解放感を味わったものだ。

伊丹が笑顔で近づいてきた。

「やあ、前線本部、ごくろうだった」

下平が気をつけをして頭を下げた。竜崎はうなずいただけだった。

「ともあれ、人質が無事だったんでほっとした」

伊丹が言った。「ＳＩＴはよくやってくれた」

下平がかしこまってこたえた。

「恐れ入ります」

「最終的にＳＡＴが突入したわけだが、前線本部を仕切っていたのは君らだ。ＳＡＴ

は君たちの指示に従っただけだ。そうだな？」

下平はちらりと竜崎のほうを見た。竜崎は伊丹に言った。

「おまえがそう思いたいなら、そういうことでいい」

「なんだ辛気《しんき》くさい顔をして……。事件は解決したんだぞ」

「犯人が死んだ」

「わかっている。だが、ああいう状況だ。やむを得まい」

「犯人が所持していた拳銃には実包が残っていなかった」

伊丹は笑みを顔に張り付かせたまま言った。

「何だって……？」

「撃たれたとき、犯人は実包を使い果たしていたんだ」

「犯人は実包を十発以上所持していたと聞いている」

「未確認情報だった」

伊丹は、にわかに真剣な表情になり、竜崎と下平を交互に見た。

「それをいつ知った？」

「事態を制圧した後のことだ」

伊丹が下平を見た。下平は、事務的に報告した。

「ＳＡＴの突入が、午前一時十分。人質救出を確認したのが午前一時十五分。犯人が所持していた弾倉が空だったことは、その後の現場の検証によって判明しました。我々がその報告を受けたのは、午前一時三十五分のことです」

伊丹は、竜崎の袖《そで》をつかんで部屋の隅に移動した。二人きりになると伊丹は言った。

「まずいぞ……。それでなくても、犯人を射殺したというのは微妙なんだ。犯人の拳銃に弾が入っていなかったとなると、こいつは問題だ」

「だが、突入の時点ではまだその事実を、我々は知らなかった。実際に、犯人は拳銃から四発発射している」

「しかしな……。警察の側には一人も犠牲者が出ていない」

「犠牲者が出たほうがよかったような口ぶりだな」

伊丹が顔をしかめた。

「誰もそんなことは言ってない。世間の反応のことを考えてるんだ。警察や一般人に被害者が出たのなら犯人の凶悪さが印象に残る」

「昼間に強盗を働き、さらに人質をとって立てこもったんだ。被害者は出なかったものの、四発拳銃を撃っている。充分に凶悪犯だ」

伊丹はしばらく考えてからうなずいた。

「だが、警察内部にもあら探しをしたがるやつはいる」

竜崎は、前線本部での出来事を順を追って思い出していた。

「現場での判断に間違いはなかったと思う」

伊丹が何か言おうとした。そのとき、竜崎の携帯が振動した。

「ちょっと待ってくれ」

竜崎はかけて来た相手を確認した。美紀だった。

「どうなった？」

「入院することになった」

「病院はどこだ？」

「警察病院よ。お父さんがそう指示したんでしょう？　救急隊員にお母さんがはっきり言ったの。警察病院に行くようにって……」

「それで、母さんの様子は？」

「今は落ち着いている」

「どうしてもっと早く連絡をくれなかったんだ」

「検査が終わるのを待っていたのよ」

「それで、何の病気なんだ？」

「胃潰瘍《いかいよう》だろうと、当直の先生はおっしゃるけど、これから詳しい検査をするということよ……」

「わかった。おまえは、明日の朝また早いんだろう。もう帰りなさい。これから父さんが病院に行く」

「だいじょうぶ。明日は、たまたま会社訪問もないし……。お父さんが来るまでここにいる」

「そうか。できるだけ早く行く」

　電話を切った。

　胃潰瘍……。竜崎は考え込んだ。妻の胃の具合が悪いなど、これまで聞いたこともなかった。ただの胃潰瘍ならばいいが……。

　胃潰瘍だと思っていたら、癌《がん》だったということもある。まさかとは思うが、ついつい最悪のことを想像してしまう。

「奥さんがどうかしたのか？」

　伊丹が深刻な顔つきで尋ねた。

「ちょっとな……。胃の具合が悪くて、警察病院に行っている」

「おい」

伊丹は竜崎をなじるように目を閉じて天井を仰いだ。「この時間にか？　それは、救急車で運ばれたってことなんだろう？」

「ああ、そうだ。娘が付き添っている」

「何をこんなところでぐずぐずしてるんだ。さっさと病院へ行け」

「まずは報告が先だと思った」

「報告は済んだ。あとは俺に任せて、すぐに行け」

竜崎は、事件解決で明るい表情の捜査員や捜査幹部たちを眺め回してから言った。

「申し訳ないが、そうさせてもらう」

「水臭いな。おまえと俺の仲じゃないか」

だから嫌なんだ。

心の中でそうつぶやきながら、竜崎は指揮本部となっている講堂を出た。


飯田橋の東京警察病院の入り口は、ファミリーレストランや居酒屋などが並んだ通りに面している。飲食店の看板に混じって大きく緑色の文字で、『東京警察病院』と書かれた看板を見るたびに、こんな病院はほかにはないだろうと思う。

隣は郵便局のビルだ。

竜崎がタクシーで夜間受付に乗り付けて、警察手帳を見せるとすぐに病室を教えてくれた。

警察病院は現在ではもちろん一般の患者を受け容《い》れているし、救急指定病院でもある。だが、それは戦後のことで、それまでは警察官とその家族のための病院だった。今でも警察官は優遇されるし、顔もきく。

老朽化したので、二〇〇八年には中野の警察学校跡地に移転することになっている。なるほど、中は古くていかにも効率が悪そうなビルだ。

病室は個室だった。大人数の部屋の、カーテンで仕切ったベッドに寝かされているものと思っていた竜崎はちょっと意外に思った。そして、この扱いが病状と何か関係があるのではないかと、つい勘ぐってしまった。

「お父さん……」

美紀がほっとしたように声をかけてきた。その声で、妻の冴子が竜崎のほうを見た。

「胃潰瘍だって？」

竜崎は言った。「だいじょうぶなのか？」

「だいじょうぶですよ。当たり前でしょう」

ずいぶんと元気そうな声だった。点滴を打っている。薬がきいているのだろうが、あまりにしゃきっとしているので、なんだか肩すかしを食らったような気分になった。

だが、強がっているだけかもしれない。本当はかなり参っているはずだ。

「救急車騒ぎになる前に、早く病院に行けばよかったんだ」

「美紀が大げさなんですよ」

「だが事実こうして入院になってしまったじゃないか」

「検査のためだって、お医者さんが言ってましたよ」

「検査……？」

「そうです。明日、胃カメラを飲むはめになりました。その他いろいろ検査をしなくちゃならないからって……」

「なんだ、そのための入院なのか……」

「そうじゃないわよ」

美紀が言った。「本当に苦しそうだったんだから……。お医者さんだって、しばらく入院することになるって言ったじゃない」

竜崎は、冴子に尋ねた。

「そうなのか？」

「だから、美紀は大げさだって言ってるでしょう。さあ、母さんは入院しちゃったんだから、あなたたち、こんなところにいてもしかたがないでしょう。もう、帰ったらどう？」

「美紀は帰す。俺は、しばらくここにいる」

冴子は横になったまま、きっと竜崎を見据えた。

「あなた、立てこもり事件はどうなったの？」

「なんで事件のことを知っている？」

「具合が悪くたってテレビのニュースくらいは見ます」

「人質は無事救出された。犯人は亡《な》くなった」

「それはいつのこと？」

「ついさっきのことだ」

「じゃあ、事後処理がいろいろあるでしょう。署長が持ち場を離れていていいの？」

「後のことは部下や本庁の連中に任せればいい。伊丹も来ている」

冴子の眼差《まなざ》しがより厳しくなった。

「あなたは一国一城の主《あるじ》なのよ。自分の城の中で他の城主に好き勝手やらせるわけ？」

竜崎は思わず苦い表情になった。

「そういうアナロジーは意味がない。俺がいなくても、警察のシステムはちゃんと稼《か》働《どう》する」

「家のことはあたしに任せる。あなたは国の仕事をする。いつもそう言ってたわね。それは嘘《うそ》だったの？」

「そうじゃないが……」

「こっちはこっちでちゃんとやる。だから、署にお戻りなさい。すぐに」

竜崎は、美紀の顔を見た。美紀は、竜崎の判断を待っているようだ。

妻には勝てない。ここに居座ると言ったら、病院の警備を呼びかねない。

「わかった」

竜崎は言った。「それだけ元気なら心配はないだろう。署に戻る」

「よろしい。国のために働きなさい」

10

自宅で美紀を下ろして署に戻ると、指揮本部内は、先ほどとは打って変わって静まりかえっていた。

大半の捜査員がパソコンに向かって書類を作成している。警察官は何か事件が起きると、幾種類もの書類を作らなければならない。

一般に言われる事件の解決は、警察官に言わせると新たな仕事の始まりでしかない。送検が済まない限り、仕事は終わらないのだ。

検察というのは、ありとあらゆる事柄を書類にすることを要求してくる。警察官はそれにこたえなければならない。

すでに伊丹の姿はなかった。管理官の何人かも姿を消していた。残っているのは、ＳＩＴの捜査員と大森署の面々だ。

「署長……」

貝沼副署長が驚いた顔を向けた。「お帰りになったものと思っていましたが……」

「ちょっと用があっただけだ」

「奥さんの具合はいかがですか？」

伊丹が余計なことを言ったようだ。

「どうということはない。ぴんぴんしてる」

「そうですか……」

「何人が知ってるんだ？」

「え……？」

「妻が救急車で運ばれたことだ。誰が知っている？」

「刑事部長と……」

「伊丹を除いてだ。伊丹には私が教えたんだからな」

「私と刑事課長、それに警務課長です」

「口止めしておいてくれ。署員に余計な気をつかわせたくない」

「いや、そういうわけには……。お見舞いの手配もありますし……」

「そういうことはいい。まさか、公費を使うつもりじゃないだろうな」

「署の金を使うわけじゃありません。共済組合の制度です」

なんだか釈然としないものを感じる。やはり公務員は優遇されている。

「制度だというのなら仕方がないが、それならば警務課長に任せておけばいい話だ」

「署長の奥さんが入院されたというのは、一大事ですよ。一部の課長が知っていて他の課長が知らないというわけにはいきません」

「妻の入院はプライベートなことだ。公務とは関係ない」

「警察庁ではそれで済んだかもしれませんが、所轄署《しょかつしょ》ではそうはいきませんよ」

竜崎は驚いて尋ねた。

「なぜだ？」

「警察署というのは、共同体意識が強いですからね。署長は一国一城の主《あるじ》です。城主の奥方の一大事とあっては、見過ごすわけにはいきません」

一国一城の主……。冴子と同じことを言う。それが世間の常識というものなのだろうか。竜崎には理解できなかった。

警察署長が責任ある立場だというのは理解できる。だが、冴子にも言ったが、こうしたアナロジーはまったく意味がない。戦国時代のシステムと現在の警察組織のシステムはまったく違うからだ。

竜崎が署員に禄《ろく》を与えているわけではないし、管内を領土として持っているわけでもない。さらに、他の署と戦をしているわけではないのだ。

それが竜崎の常識であり、世間の常識に合わせる必要などないと思っている。

「妻の入院はあくまで私的な問題だ。君と刑事課長、警務課長の三人で留めておいてくれ」

「わかりました」

貝沼は相変わらずのっぺりとした無表情だ。納得したのかどうかもはっきりしない。

「署長がそうおっしゃるのなら、仰《おお》せのとおりにします。しかし、人の口に戸は立てられませんよ」

おそらくそれは事実なのだろう。それはそれで仕方がない。だからといって、妻の入院を喧伝《けんでん》する必要はない。

「それより、作業の進み具合はどうなんだ？」

「あと三十分もすれば、おおむね片付くでしょう」

時計を見た。すでに三時近い。三時半頃までかかるということだ。明朝は八時には出勤しなければならないから、あまり寝る時間はなさそうだ。それでも一度は自宅に戻りたい。

「ただ……」

貝沼は、まったく表情を変えぬまま言った。「伊丹部長が、面倒なことにならなければいいがと洩《も》らしておいでででした」

「面倒なこと？」

「犯人が死亡したことです。人権派の連中が騒ぎはじめるかもしれません」

「人質の生命が危険にさらされていたんだ。そして、最後の最後まで犯人と交渉しようとつとめていた。その結果がこれだったんだ。仕方がなかったと私は判断している」

貝沼は意味ありげな沈黙をはさんで言った。

「私もそう思います」

それからは捜査員たちの作業を眺めているしかなかった。下平もくもくとノートパソコンに向かって文字を打ち込んでいる。

前線本部では、切迫した状況下独特の連帯感のようなものを抱いた。声をかけようかとも思ったが、やめておいた。

事件が終われば、現場の連帯感もあまり意味のないもののように感じられる。すべての事実が無機質に書類に記入される。そして、この場にいる警察官たちは、また別の事件に関わるのだ。

貝沼が言ったとおり、三時半頃にはほぼ書類がそろった。徹夜にならずに済んだのは、比較的短時間で片が付いた事件だったからだ。たいていは、時系列で報告書や録書をまとめていくので、長時間にわたる事件だと、膨大な時間がかかる。

プリントアウトされた書類が竜崎の前に積まれた。すでに課長印が押してある。署長印を押すためにこれらの書類にすべて目を通していたら夜が明けてしまうかもしれない。それでもやらなければならない。

明日の朝になれば、また通常の書類の山がやってくるのだ。事件が終わっても竜崎の書類との戦いは終わらない。

竜崎は届く書類から順に目を通しはじめた。深夜になると目がしょぼしょぼする。警察庁で書類仕事には慣れているはずだが、署長になると、また別の疲労が溜《た》まる。今日は前線本部で緊張を強いられたのだからなおさらだ。

「署長」

声をかけられて書類から顔を上げた。テーブルの前に下平が立っていた。

「我々はこれで引き上げます」

「ご苦労さまでした」

下平は、一瞬ためらいを見せた後に言った。

「今回は満足な結果が出せず残念でした」

「結果については、悪くはないと私は思っている。人質が無事救出された。その一点をもってしても、失敗とは言えない」

「刑事の仕事は、犯人を挙げることです。殺すことではありません」

「それは理想だが、実際には理想どおりいかないこともある。限られた条件の中で最良の選択をするしかない場合が多い。今回がそうだったと思う」

「私を信頼して現場の指揮を任せてくださったことに感謝します」

竜崎はぽかんと下平の顔を見つめてしまった。

「君たちはそのために訓練しているのだから当然のことだろう」

下平がかすかにほほえんだように見えた。

「なるほど、噂どおりの方です」

「変人という噂か？」

下平は、何もこたえず、深々と礼をした。彼は部下を連れて講堂を出て行った。

大森署員は、竜崎が残っている限り帰ろうとしない。竜崎は、溜め息をついて警務課長に言った。

「私一人でも判を押すくらいのことはできるんだ。みんな、帰ったらどうだ」

課長たちは顔を見合わせている。どうしていいかわからない様子だ。

貝沼副署長が言った。

「私が残るから、みんなは帰ってくれ。明日も早い」

斎藤警務課長がこたえた。

「いえ、私はこのまま残ることにします」

すると、関本刑事課長も言った。

「今から帰っても、家に着いたらすぐにもう出かけなきゃならない。私はこのまま当番といっしょに刑事課に詰めてますよ」

こうなると、地域課長も帰りにくくなる。久米地域課長が言った。

「私も残ります。どうせ、地域課は四交替ですから、夜勤だと思えば……」

好きにすればいい。警察署というのは、二十四時間賑《にぎ》やかだ。むしろ、昼間より夜のほうがやかましい。さまざまな被検挙者が連れてこられるからだ。

酔っぱらいがわめき、署内で喧嘩《けんか》の続きが始まり、不良少年少女が悪態をつく。交通課や地域課は交替制なので、二十四時間係員が出入りしている。刑事課や生安課の当番もいる。

竜崎は、書類に集中することにした。書類を読む速さには自信があった。そして、二度三度と読み直すことは決してない。速読し、一度で内容をちゃんと理解する。そうでなければ、キャリアの仕事はつとまらない。

東大法学部卒は伊達《だて》ではないのだ。キャリア官僚の書類処理能力が今より数パーセント落ちるだけで、省庁の仕事はパンクしてしまうだろう。

他の国立大学の卒業生や私大の卒業生にも優秀な者はいる。東大法学部というのは一つの目安に過ぎない。だが、最難関を目指して小、中、高と受験勉強を続ける忍耐力と集中力が重要なのだと竜崎は信じていた。

受験で脱落する程度の者に、キャリア官僚の激務はつとまらない。

山のように積まれていた書類が瞬《また》く間に減っていく。ふと見ると斎藤警務課長がその作業を驚いた様子で眺めている。処理速度に驚いているのだろう。

五時半には、書類に目を通し判を押し終えた。さすがにくたくたに疲れていた。内容はちゃんと把握したつもりだが、事実と照らし合わせている余裕はなかった。書類に不備がないかどうかをチェックすることに主眼を置いていた。

ただ、重要な点は確認した。第六機動隊特殊部隊が突入した時刻、人質を救出した時刻、犯人の死亡を確認した時刻、そして、犯人の拳銃《けんじゅう》に弾が残っていないことを確認した時刻を列記したものがあった。

おそらく下平が書いた書類だろう。書かれていることは、竜崎の記憶と一致しているように思えた。

今から家に帰っても、またすぐ出かけてくることになる。普通なら竜崎もこのまま署に残るのだが、美紀や息子の邦彦のことが気に掛かった。

母親が急遽《きゆうきよ》入院して、動転しているかもしれない。一度、帰って子供たちの様子を見ようと思った。

もしかしたら、シャワーを浴びる時間くらいはあるかもしれない。

「私は、いったん自宅に戻る」

竜崎は、講堂を出た。

外はもう明るい。残暑のきつい季節だが、この時間はまださわやかだ。いつものとおり、徒歩で自宅に戻った。

玄関に入ったとたんに、どっと疲れがやってきた。おそろしい疲労感で、靴を脱ぐのも億劫《おつくう》なくらいだ。

まだ、子供たちは寝ているようだ。なるべく音を立てぬように玄関のドアを閉め、リビングルームに向かう。

妻はどんな時刻に帰宅しようが、必ず起きてきた。無意識のうちに妻の姿を探していた。入院しているのはわかりきっているのに、習慣というのはどうしようもない。

ソファに腰を下ろすと、そのまま眠ってしまいそうになった。若い頃はこんなことはなかった。

妻もほとんど病気などしたことがなかった。お互いもう若くはない。それを自覚する年齢になったのだろうか。

とにかくシャワーを浴びることにした。浴室に行って服を脱ぎ、ふと鏡を見た。疲れ果てた中年男が映っていた。前髪や側頭部に白髪も目立ちはじめている。

「どうした」

竜崎は、鏡の中のうらぶれた中年男に話しかけた。「立派に立てこもり事件を解決したんじゃないか。もっとしゃきっとしたらどうだ？」

ともかく、シャワーを浴びると、多少は気分がよくなった。ただ体をきれいにするだけではなく、自律神経を活性化させる効果があるのだと聞いたことがある。

いつもなら、浴室を出るとそこには部屋着にしているスウェットの上下が置いてあるはずだった。妻が入浴している間に置いてくれるのだ。

当然脱衣場に部屋着などなかった。バスタオルを腰に巻いたまま、着ていた背広やワイシャツを手に持って寝室に行かねばならなかった。

タンスからクリーニング済みのワイシャツを見つけるのにも手間取る。いつもは妻が出してくれるのだ。

毎朝、コーヒーを飲みながら、新聞数紙に目を通すのが習慣になっている。台所でコーヒーをいれようとして、どこにコーヒー豆が入っているのかもわからないことに気づいた。

コーヒーメーカーにペーパーフィルターをセットするのだが、そのペーパーフィルターの場所もわからない。

あちらこちらの扉を開け閉めしたり、引き出しをのぞいたりしているところに、美紀がやってきた。Tシャツと短パンという姿だ。パジャマ代わりらしい。まだ寝ぼけたような顔をしている。

「あら、いつ帰ってきたの？」

「ついさっきだ」

「今日は非番？」

「まさか。署長に非番などない」

「何してるの？」

「コーヒーをいれようと思ってな……」

悪戦苦闘をしている様子を見てあきれたのだろう。美紀は溜め息をついた。

「いれてあげる」

「悪いな……」

竜崎は台所を美紀に譲ってリビングルームに移動した。いつもあるべきところに新聞がない。毎日妻がそこにそろえておいてくれるのだ。

一階の郵便受けまで取りに行かねばならない。面倒だったが、毎日の儀式を省略する気にもなれない。竜崎は、新聞を取りに玄関を出た。

防犯対策もいいが、新聞が自宅まで届かないのは面倒なものだ。マンションによっては新聞配達の出入りを許可しているところもあるようだが、ここは違う。郵便配達も新聞配達も一階の郵便受けのところまでしか入れない。

そんなことを思いながら、新聞五紙を手に玄関に戻るとコーヒーの芳香がしていた。

リビングで新聞を開くと、美紀がいつものマグカップにコーヒーをいれて持ってきてくれた。

「済まんな」

「お母さんにもそう言わなきゃだめよ」

竜崎は驚いて顔を上げた。

「何だって？」

「胃潰瘍《いかいよう》ってね、原因のほとんどがストレスなんですって」

「ストレス……」

「お母さん、きっといろいろ我慢してるのよ」

意外なことを言われた。

連日ストレスにさいなまれているのは、竜崎のほうだ。冴子がストレスに悩んでいるなどとは、考えたこともない。

美紀が言った。

「今日、また病院に行ってくる」

「大学はどうするんだ？」

「もう授業なんてないわよ。今日はたまたま会社訪問や会社説明会の予定もないし……。とにかく、パジャマだとか下着だとか、身の回りのものを持って行かなきゃ」

たしかにそのへんのことになると、竜崎はまったく役立たずだ。

「済まんが、頼む」

邦彦も起きてきた。

「病院の面会って、何時まで？」

朝の挨拶《あいさつ》もせずに、いきなり美紀に尋ねた。

「八時までだったと思う」

「じゃあ、俺も予備校の帰りに寄るよ。なんか用事ないか訊《き》いてくる」

「そうね」

邦彦がそんなことを言うとは驚いた。ほとんど引きこもりのような状態で、家族とあまり話をしなくなっている。

受験生というのはそんなものだと思っていた。受験というのは、一種の免罪符だ。受験勉強以外のことを何もやらなくても許される。

そういえば、邦彦が話があると言っていた。込み入った話なのだろうか。一度あきらめかけた東大を受験することに決めたと言う。なぜ気が変わったのか気になったが、なかなか話を聞く時間が取れない。

声をかけようとしていると、邦彦はそそくさと予備校に出かけてしまった。まあ、いずれ機会を見つけて話をしよう。そう思いながら新聞に眼を戻した。昨日の事件の記事をチェックする。

高輪の消費者金融強盗事件と、それに続いて起きた逃走犯による立てこもり事件だ。どの新聞も立てこもり事件のほうを大きく報じていた。消費者金融の強盗事件はそれに関連した記事として扱われている程度だ。

竜崎の手が止まった。

ある新聞がセンセーショナルな見出しをつけていた。

「警察特殊部隊が射殺　立てこもり犯は弾切れ」

記事を最初から最後まで読んだ。

警察の特殊班が現場に突入して、犯人を射殺。そのとき、犯人が所持していた拳銃には弾が残っていなかったと書かれている。

その点を強調されると、ひどく印象が悪かった。しかも、この措置に問題がなかったかどうか、今後警察内で検証されることになるだろうと書かれていた。

慌《あわ》てて他の新聞を見直した。

他紙はおおむねおとなしい書き方をしている。スポーツ紙の中にはSATのことをスーパーヒーロー並に扱っているところさえある。

犯人が弾を撃ち尽くしていたという事実を書いているのは一紙だけだった。

東日新聞だ。

事件解決、つまりこの場合はほぼ人質の救出と同じ意味だが、一時十五分だった。それは、下平がはっきりと言っていたし、書類にも記されていた。

朝刊の最終締め切りが午前二時。ぎりぎり間に合うタイミングだ。とにかく第一報を入れるというのが、おおかたの姿勢だ。

だが、東日新聞だけは違った。

洩《も》れたな……。

現場にいた誰かが情報を洩らしたのだ。犯人が弾を撃ち尽くしていたという事実が正式に報告されたのは、午前一時三十五分だった。

あのとき現場検証を行っていたのは、SITの捜査員と大森署の強行犯係だった。当然、疑われるのは所轄《しょかつ》だ。

それが一番可能性が高いからだ。竜崎もそれを否定できないと思った。SITは、マスコミに対して徹底した秘密主義だという。

誘拐事件などのときには、変装をしたり、被害者の親族になりすましたりする必要があるので、面が割れるのすら嫌うという。それに比べて、所轄署の刑事の蛇口は緩《ゆる》い。

普段、社会部の記者と酒場で顔を合わせたりしているので、自然と親しくなり気が緩みがちだ。

中には優越感に浸りたいがために、あるいは弱みを握られていて、故意に情報を洩らす刑事もいるらしい。

「お父さん!」

美紀に大声で呼ばれて、はっと台所のほうを見た。

「何だ？」

「何だじゃないわよ。お母さんに何か伝えること、あるって訊いてるの」

美紀の問いかけに気づかぬほどうろたえていたということか……。

「いや、特にない」

「まったく……。ゆっくり体を休めて早くよくなれ、とか何とか言ったらどう？」

「なら、そう言っておいてくれ」

すでに出勤の時間だった。竜崎は玄関に向かった。

「朝ご飯は？」

美紀が尋ねた。そういえば、忘れていた。言われてみると腹が減っているが、もう食べる時間がない。いつもは、黙っていても食事が出てくるので、ことさらに朝飯を食うかどうかなど考えたことがない。

「いや、いい」

竜崎は言った。「済まんが、母さんのことは頼むぞ」

「今日はいいわよ。でも、私だって就職活動の真っ最中なんですからね。そうそう時間があるわけじゃないのよ」

「わかっている」

竜崎は玄関を出た。すでに、気温が上がりはじめていた。

11

署に出ると、案の定記者たちが副署長のところに集まっていた。普段から所轄《しょかつ》担当の記者は、次長席の周りにたむろするものだ。何か起きると、その人数が急増する。

「だからね、そういうことは所轄じゃわからないんだ。本庁の刑事部長の会見を待ってくれよ」

副署長の声が聞こえる。

竜崎は署長室に入り、制服に着替えた。今日は気を引き締めなければならない。

次長席にいた記者の何人かが、署長室の出入り口の前でうろうろしている。ドアは開けはなったままだから、その姿がよくわかる。つまり、向こうからも竜崎の様子が見えているということだ。

所轄署というのは、こんなに記者が自由に出入りできるものなのかと、今さらながら驚いた。これでは情報が筒抜けになってしまうのも無理はない。

警務課長が山ほどファイルを抱えてやってきた。毎日のことだが、その量にうんざりする。

印鑑を手にとって書類を読み始めたとき、電話が鳴った。

「はい、大森署、竜崎です」

「どこから洩《も》れた？」

伊丹の声だった。

「東日新聞の記事のことか？」

「決まってるだろう」

「どこから洩れたかは知らない」

「知らないじゃ済まんぞ」

「記事になってしまったものは仕方がない」

「警務部が動き始めている」

「監察官か？」

「そうだ。犯人を射殺した措置は適切だったかどうか調査を始めるらしい」

「調べられて困ることは別にないと思うが……」

「警察内部で済んでいりゃな……。まさか、犯人が丸腰だったことが記事に出るなんて……」

「おい、丸腰というのは間違いだ。犯人はたしかに四発、発砲しているんだ。その事実は大きい」

伊丹はいまいましげに言った。

「わかってる。言葉のアヤだ。つまり、犯人が警察官に撃たれたとき、もう弾が残っていなかったということが問題なんだ」

「当初は、犯人が十発以上の実包を所持しているという情報を得ていた。それを前提に対処したわけだ。その情報の出所は、射殺された犯人の仲間、つまり身柄拘束されている消費者金融強盗の被疑者二名の供述だ」

「経緯は知っている。問題は、事実だ。実際には、犯人は弾を四発しか持っていなかった。弾倉を抜けば、その頭に実包が見える。それを見た仲間は、弾倉が一杯だと思い込んだらしい」

「ならば、不可抗力だな。その情報は犯人しか知らなかったことだ」

「責任は取り調べ担当者にもある。だが、現場で指揮を執ったおまえの責任も問われるぞ」

竜崎は、小さく溜《た》め息をついた。

また責任のなすりあいが始まる。世間というのは、誰かを生け贄《いにえ》にしなければ気が済まない。それを扇動するのはマスコミだ。

新聞各社は、鬼の首を取ったように警察の不手際《ふてぎわ》を書き立てるだろう。警察はマスコミの恰好《かっこう》の餌食《えじき》なのだ。

捜査や取り締まりはきれい事では済まない。違法すれすれの捜査をしなければならないこともあれば、警察官同士、見て見ぬふりをすることもある。

ぎりぎりのところで仕事をしているからだ。そして、警察はマスコミとの接点が多いのでボロが出やすい。

それを書き立てることが、権力に対抗することだと勘違いしているのだ。本来ならば、政治家や政府をチェックすべきなのだが、政治部の記者などは、いかに与党の議員や閣僚と親しく口をきけるかということに腐心している。政局を書くことが仕事であり、つまりは政治の楽屋話ばかり探しているのだ。

本当の権力には媚《こ》びへつらい、地道に働く公務員のあら探しをやる。それが今の新聞だ。竜崎は、警察庁では長官官房の総務課長だった。マスコミ対策も仕事の一つだった。新聞などマスメディアの記者たちとの付き合いも多かったので、それを痛感していた。

どんなにやる気のある記者も「社の方針」というやつには逆らえない。記事を書いても掲載してもらえないのだ。テレビはもっとひどい。当たり障《さわ》りのないニュースを日に何度も使い回しするだけだ。

「俺に責任があるのは確かだ。それを追及されるのはいっこうにかまわない」

「おい……。おまえ、降格人事を食らったばかりだぞ。ここでミソを付けたら地方に飛ばされかねないぞ」

「どこに行こうと、警察の仕事ができればいい」

そう言ってから、ふと冴子のことを思い出した。そういえば、大森に引っ越してきてから精彩を欠いていたような気もする。

若い頃から引っ越しばかりだった。その不満や疲れが積もり積もって体を壊したのかもしれない。これでまたすぐに地方に赴任ということになれば、さらに妻に負担をかけることになるに違いない。

そんなことは一度も考えたことはなかった。国家公務員の仕事は、安楽な生活など求めていてはつとまらない。竜崎は本気でそう考えていたのだ。

伊丹が何か言っている。

「何だって？」

「監察官は、まず事実関係を洗い出すはずだ。本当に現場で不手際はなかったんだな？」

「前線本部の人間はベストを尽くしたと思う。あれ以上のことはできなかった」

ちょっと間があった。何かを迷っているようだ。

「俺がＳＡＴを使うなと言ったのを覚えているか？」

「覚えている。だが、現場の状況から突入はやむを得なかったと思う」

「いや、それならいいんだ。また、電話する」

受話器を置いた竜崎は、伊丹の最後の質問について考えていた。

たしかに、伊丹はＳＡＴを使うことに反対した。そして、竜崎はその指示に反してＳＡＴの発砲を認め、さらに突入を認めた。

なるほど、釘《くぎ》を刺すために電話してきたというわけか。

自分自身の逃げ道を作ろうとしているのだろう。伊丹というのはそういうやつだ。だが、それに対してまったく腹は立たなかった。

これから伊丹は午前の定例記者発表をやらなければならない。そのために、いろいろな情報を集め、各方面に根回しをしておかなければならないのだ。

伊丹は事実を確認しただけだ。そして、竜崎には、現場では常に最良の選択をしたという自信があった。

警務部の監察官だって文句は言えないはずだ。どうせ、熱しやすく冷めやすいマスコミのことだ。じきに事件のことなど忘れてしまうに違いない。

書類に印鑑を押す作業を再開した。とにかく、これは早急に何とかしなければならないと思った。警察署長の最大の仕事が判押しだというのはなんとも情けない。

再び電話が鳴った。受話器を取りながらも眼は書類の文字を追い、印鑑に朱肉を付けている。

「東日新聞の福本《ふくもと》様という方からお電話ですが……」

代表電話にかかってきたらしい。受付の係が告げた。

福本多吉《たきち》は、東日新聞の社会部長だ。竜崎が大阪府警本部にいるときからの長い付き合いだ。

「つないでくれ」

回線がつながる音がして、福本の声が聞こえてきた。

「怒ってるだろうな」

「何のことです？」

「あんたが、そういう言い方をするときはたいてい怒ってるんだ。あんたの事案だとは知らなかった」

「待ってください。立てこもり事件のことですか？」

「事前に一報入れておくべきだった」

「あなたはあなたの仕事をした。それだけのことです」

「いつも迷うんだ。あんたのその冷淡な口調のせいでな。皮肉ではなく、本気で言っていることもある」

「本気で言ってますよ」

「俺の立場を理解してくれているということだな？」

「理解してます。記者がスクープを嗅《か》ぎつけた。それを記事にしなかったら、あなたは社の利益を妨げたことになります」

「そう言われると、なんだか余計に責められているような気分になってくる」

福本は、いかにも社会部のベテランらしい新聞記者だ。若い頃に数々の修羅場を経験したことを思わせる一種独特の凄味《すごみ》がある。今では部長となって現場に出ることはないが、紙面作りにおいては、大きな力を持っているはずだ。

押し出しがよく、細かなことを気にしないタイプに見えるが、実はさまざまなことに気づかいをする男だ。

「たしかに警官隊の突入時に、犯人が弾切れだったことは事実ですが、あの時点で我々はその事実を知らなかったのです。犯人は十発以上の実包を所持しているという情報を得ていました」

「それを公式のコメントとして受け取っていいか?」

「いいえ、公式のコメントはあくまで刑事部長の会見がすべてです」

「では、非公式のコメントとして参考にさせてもらう」

「一つ教えていただければありがたいのですが……」

「何だね?」

「あなたのところの記者に情報を洩らしたのは誰ですか?」

「知らない。知っていても、言えない。わかってるだろう」

「特定の人物でなくてもいいです。本庁《ホンブ》の人間か所轄の人間かだけでも知っておきたいのです」

「人物の特定ができたら処分の対象にするということか?」

そんなことは考えていなかった。ただ知っておきたかっただけだ。

「どういう経路で情報が洩れるのかを把握しておくことは、警察組織を管理する上で重要なのです」

「相変わらず、たてまえの話ばかりしているように聞こえるな。だが、おそらくそれが本音なんだろうな。まったくあんたは変わっている」

竜崎は変人で通っているようだ。だが、自分のことを変人だと思ったことは一度もない。本音とたてまえを使い分ける人がまともで、本気で原理原則を大切だと考えている者が変人だというのは、納得できない。

「あなたは、私に対して悪いことをしたと思ったから電話をしてきたのでしょう。ならば、罪滅ぼしに教えてくれてもいいでしょう」

「別に悪いことをしたとは思っていない。ちょっと仁義を欠いたかなと思ったので電話したまでだよ。それにね、俺は本当にニュースソースを知らないんだ。記事を書いた記者しか知らない」

「調べてもらえませんか？」

「聞き出せたとしても、あんたには教えられないよ」

「それでもいいですから、調べてください」

「なんだか、俺が口を割ると信じているような口ぶりだな」

「警察官ですからね。口を割らせるのは得意です」

福本は声を上げて笑った。

「ブンヤがどれくらい強情か試してみるといい。まあ、それは置いといて、いつか一杯やろう」

「二十人以上が集まる、会費五千円以下の立食パーティー以外では会えません」

「それは利害関係のある相手と会う場合のことだろう？　俺は個人的に飲みに行こうと言ってるんだ」

「世間は、我々を利害関係者と見なすでしょう」

「まあいい。本気であんたを誘いたいときは、部下でも集めて立食パーティーを開くことにするよ。じゃあな」

　書類との格闘は続いている。電話をかけながらも、押印《おういん》を続けていた。受話器を置くと、再び本格的にファイルの山を相手にした。処理の速度を上げる。

　久しぶりの徹夜で、書類を読んでいるとつい眠気に襲われる。仮眠を取りたいが、そんな時間はなさそうだった。署長室のドアを開けはなっているので、居眠りもできない。

　今日も残暑が厳しそうだ。今日は外に出なくて済みそうなので、それだけがありがたかった。署長というのは、さまざまな集まりに引っ張り出される。こうして書類仕事に没頭できる日は珍しい。

　どれくらい時間が経《た》ったろうか、電話の音ではっとした。どうやらいつのまにか、うとうととしていたらしい。それでも印鑑を握ったままだった。

　電話の相手は伊丹だった。時計を見ると、十一時半になっている。定例の記者会見を終えた時刻だ。

「さっき、聞きそびれた。奥さんの具合はどうなんだ？」

「わざわざそんなことで電話をしてきたのか？」

「そんなことはないだろう。……で、どうなんだ？」

「胃潰瘍《いかいよう》だそうだ。検査のための入院だと言っていたから心配はない」

「本当に胃潰瘍なのか？」

「どういう意味だ？」

「いや、確認しただけだ。いつ退院する？」

「知らない」

「おい、入院しているのはおまえの奥さんだろう。他人事《ひとごと》みたいに言うなよ」

「まだ詳しい話を聞けてない。昨夜は、とっとと署に戻れと言われた」

「午後にでも病院に行ってみたらどうだ？」

「勤務中にそんなことはできない」

「そんなに堅苦しく考えることはない。私用でちょっと出かけるなんてのは、誰だってやっていることだ」

「みんながやっているからといって正しいというわけではない」

「まったくおまえというやつは……」

「娘が着替えやら何やらを届けた。だから、俺が行く必要はない。どうせ、俺が行ったところで何にもできないんだ」

「夫婦というのは、そういうもんじゃないだろう。ま、別居中の俺が言えた義理じゃないがな……」

これ以上、伊丹と個人的な話をするのはご免だった。

「記者会見は終わったのか?」

「ああ、終わった」

「犯人が弾切れだったことについて、質問が出ただろう」

「当然だ」

「どのようにこたえたんだ?」

「機動隊の突入の時点では、その事実をつかんでいなかったと説明したよ」

「それが事実だからな」

「マスコミや口うるさい人権論者たちは納得しないだろうな。突入が軽率だったと言いだしかねない」

「決して軽率などではなかった」

「わかっている。だが、そう言いたがるやつは少なからずいるはずだ。覚悟しておけ」

「覚悟？」

「最初は本庁《ホンブ》や突入した第六機動隊が攻撃されるだろうが、そのうち大森署にも飛び火するはずだ」

　竜崎は、思わず溜《た》め息をつきたくなった。マスコミはあら探し、人権派は警察を攻撃する機会を常にうかがっている。伊丹の言うことは残念ながら間違いではない。

「わかった。心しておく」

「おい、一つ言っておくぞ」

「何だ？」

「俺たちは味方同士だ。敵は外にいる。それを忘れないでくれ」

　いざというときは、人に責任を押しつけるつもりだろう。そんなやつが何を言うのか。竜崎は、あきれる思いで電話を切った。

　それにしても、敵だ味方だと……。おそらく警務部の監察のことを気にしているのだろう。そんなことを考えている暇があったら、仕事に精を出せばいい。

竜崎は、ふと印鑑を持つ手を止めた。

伊丹の一言が妙にひっかかった。

「本当に胃潰瘍なのか?」という一言だ。

胃潰瘍だと診断されて、後で専門医が調べたら癌《がん》だったという話を聞いたことがある。最初に藪《やぶ》医者にかかった結果、手遅れになってしまったというのだ。

警察病院ならば、まさか藪の町医者のようなことはないだろうが……。

竜崎は急に心配になってきた。

伊丹が言ったとおり、午後にちょっと署を抜け出して妻の見舞いに行くくらい、どうということはないだろう。警務課長も黙認してくれるに違いない。

こっそり行ってこようか。警務課長に、ちょっと用事で出かけてくると言えばそれで済むことだ。

そこまで考えて、竜崎はあわててそれを打ち消した。私用で公務をおろそかにはできない。そんなことをしたら、また妻に何を言われるかわからない。

だいじょうぶだ。医者が胃潰瘍だというのだから、間違いはないだろう。

竜崎は、無理やり自分にそう言い聞かせていた。

12

くたくたに疲れ果てて自宅にたどりついた。八時近い。すぐにでもベッドに潜り込みたかった。玄関のドアを開けると、夕食の匂《にお》いがした。

いつものことなので、違和感はなかったが、次の瞬間にそれが普通でないことに気づいた。妻は入院している。誰が料理をしているのだろう。

台所を覗《のぞ》くと、美紀がいた。

「あら、お帰りなさい」

「ああ……。料理をしたのか？」

「なあに、その顔。私だって料理くらいするわよ」

「助かる。店屋《てんや》物でも取ろうかと考えていたんだ」

「でもね、明日からはそうもいきませんからね。こっちも就職活動でたいへんなんだから」

「わかっている」

女は就職なんぞしなくていい。正直に言うと、竜崎はそう思っていたが、もちろんこんなときにそれを口に出せるはずもない。

警察庁や大森署でも、有能な女性というのは数えるほどしかいないし、そういう女性に限って早々と結婚退職してしまう。長期にわたって責任を負わなければならないような重要な仕事や役職を任せようと思っても、いつ辞めるかわからないので、不安になってくる。

結局、女性は信用できないのだ。

女性からすれば、男が家庭のことを手伝ってくれればもっと仕事に力を入れられると言いたいのだろう。だが、男に子供は産めないし乳も出ない。男は狩りや戦闘をし、女は子孫繁栄に尽くす。それは霊長類のヒトとしてのごく自然な生き方なのではないかと思う。

アメリカの社会を見ているとつくづくそう思う。男女が平等に社会に参画するという考え方は、一見美しいが、どこか不自然だ。性差別はあってはならないのかもしれないが、どう考えても男と女は違うのだ。

竜崎は密《ひそ》かにそんなことを考えているのだが、今時そんな発言をしたらたちまち時代遅れのレッテルを貼《は》られてしまう。だから、口には出さないようにしている。

だが、女性と男性の役割が違うのは明らかで、それが生物学的にいっても自然なのだし、これまでの経験からしても正しい考えだと思っている。

美紀は就職活動に夢中だ。そんな娘の気持ちに水を差す気はない。やりたいだけやればいい。食事ならどうにでもなる。それこそ店屋物でもいいし、コンビニ弁当でもいっこうにかまわない。

「ビール飲むのよね」

「ああ、自分でやるからいいよ」

冷蔵庫から三五〇ミリリットルの缶ビールを一本取り出す。夕食の習慣だ。二缶以上飲むことはない。必ず一缶なのだ。

「母さんの様子はどうだった?」

「元気そうだったわよ」

冷たいビールが喉《のど》を下っていき、胃の中でぽっと熱くなる。思わず息をつく。

「いつまで入院するんだろうな」

「検査結果が出るまでだから、そんなにかからないでしょう」

「母さんは退院の時期について何か言ってなかったのか?」

「まだわからないらしいわ」

美紀が温めた料理をテーブルに並べてくれた。肉豆腐に、三つ葉のお浸し。きんぴらゴボウに漬け物だ。妻の味付けとは違う。だが、悪くはない。

いつの間にか娘が母に代わって台所仕事をするようになっていた。今さらながら、そのことに感動していた。家のことは妻の冴子に任せきりなので、子供がどういうふうに育っているかよくわからない節がある。

ゆっくりビールと料理を味わっていると、息子の邦彦が部屋から出てきた。何か話したそうにしている。そういえば、進路についての話をまだ聞いていなかった。

「東大を受けるって言ったな?」

竜崎が言うと、邦彦はふてくされたような態度でうなずいた。眼をそらしている。別に本当にふてくされているわけではないことはわかっている。竜崎にも経験がある。照れているだけなのだ。

若い頃は、両親とちゃんと話をすることがなぜか照れくさいものだ。他人とならば普通に話ができるのに、なぜか肉親とは話がしづらい。それが家族の不思議なところだ。

「ああ。そのつもりで受験勉強を再スタートした」

「まあ、座れ」

竜崎は、ダイニングテーブルの向かい側の椅子《いす》を指さした。邦彦はちょっと戸惑った様子を見せたが、結局いわれたとおりに座った。

「それで、東大に行ってどうするつもりだ？　国家公務員になる気はないんだろう？　いつかジャーナリストになりたいと言っていたな？　その道に進むつもりか？」

「いや、ジャーナリストよりもやりたいことができたんだ」

「何だ？」

邦彦は、躊躇《ちゅうちょ》していた。その悪びれた様子を見ていると、こちらまで気まずい気分になってくる。

「やりたいことがあるなら、自信を持ってはっきり言えばいい」

邦彦はようやく覚悟を決めたように言った。

「アニメの仕事がやりたいんだ」

竜崎は、邦彦が何を言ったのか理解できなかった。いや、脳が理解を拒んでいるのかもしれない。

ただ邦彦の顔を見つめているしかなかった。缶ビールを持った手が宙で止まっていた。手と同様に思考が停止していた。言葉が見つからない。

邦彦は、居心地悪そうに身じろぎをした。美紀が驚いた顔で振り向き、そのまま立ち尽くしていた。美紀も初耳のようだ。

驚くというより、あまりに自分とかけ離れた世界の話なので、どう判断していいか理解できないのだ。ようやくショックから覚めた脳が働きはじめ、竜崎はアニメに関する知識を記憶の中から拾い集めた。

「アニメって、アニメーションのことだな?」

「そうだよ」

「よくわからないんだが、要するに非現実的なマンガを映像にしたもののことだな?」

「非現実的というのが、どういう意味で言ってるのかよくわからない」

「缶詰のほうれん草を食べると、とたんに無敵になる水夫の話とか……」

「ポパイのことだね?」

「擬人化された動物や、昔のおとぎ話を映画にしたり……」

「ディズニーのことかい?」

「猫がネズミを追っかけるだけのドタバタだ」

「トムとジェリーだね」

「要するにアニメというのはそういうものだろう」

「ああ。間違いなく今父さんが言ったのもアニメだけど……」

「子供のものだろう。おまえのような年になってそんなものに興味を持つなんて信じられない」

それが竜崎の本音だった。

邦彦は来年には成人式を迎える。昔に比べ若者が幼児化しているとはいえ、まさかマンガ映画が好きだとは……。

「昔のアニメは、たしかに父さんの言うとおり子供のものだった。アメリカのディズニーやワーナーブラザーズが昔作っていたアニメがそうだった。でも、今は違う。特に日本のアニメは、世界一の水準で、すでに芸術作品の域に達している」

アニメが芸術作品……。まったくぴんとこない。

その思いが顔に出たのだろう。邦彦は少しばかり苛立《いらだ》った様子で言った。

「父さんは、子供の頃アニメを見たことがないの？」

「ほとんどない」

「鉄腕アトムとか……」

「知ってはいるが、記憶に残っていない」

「とにかく、日本のアニメは今や世界に自慢できる文化なんだ。ハリウッドの監督たちにも大きな影響を与えている」

そういえば、アニメ・オタクというのを聞いたことがある。いい年をしてアニメに夢中のサブカルチャーマニアのことだそうだ。まったくの他人事《ひとごと》だと思っていたら、こんなに身近にいたということか……。

「アニメを作る仕事をしたいということなのか?」

「直接制作する仕事を選ぶかどうかはわからない。だから勉強するんだ」

「おまえは東大を目指すと言ったな」

「そうだよ」

「アニメと東大がどういう関係があるのか、まったくわからないんだが……」

「これだよ」

邦彦はポケットから折りたたんだ紙を取り出した。それを開いて竜崎に手渡した。

ウェブサイトのプリントアウトのようだ。「コンテンツ創造科学産学連携教育プログラム」という長ったらしい表題がついている。このタイトルは、まさしく東大らしさを思わせる。

とにかく読んでみた。文部科学省の助成を受けて東大の大学院に設けられた講座だということだ。目的は、アニメーションやゲームなどのデジタルコンテンツを創造する人材を育てることだという。

具体的には、先端科学技術の知識を持ち、国際的な感覚を持ち合わせたプロデューサーや制作の技術的な指導者を育成するのだと書かれている。

講師陣には、現在活躍中の一流のアニメ監督やプロデューサー、玩具《がんぐ》メーカーの企画担当者なども含まれているという。二年間で二十単位を取得することとなっている。大学院の講座なので、対象は大学院生だが、学部生や他大学の学生の枠もあるという。なお履修申請にあたっては、小論文等の試験があるそうだ。

竜崎は、すっかり驚いていた。まさか母校にアニメやゲームの講座ができるとは思わなかった。これも時代というやつなのだろうか。

困惑しながら邦彦を見た。

「つまり、ここで勉強したいというわけか?」

「そう」

なんだか釈然としなかった。

創造というのは、大学で教えられるようなものなのだろうか。アニメに携わりたいというのなら、アニメを作っている現場に就職するのが近道のような気がした。

「そんな勉強が役に立つのか?」

「役に立つかどうか、やってみなければわからない」

「よくわからないが、こういう世界というのは才能とかの問題なんじゃないのか?

おまえは自分にその才能があると思っているのか?」

「だから、アニメの原作者とか監督とかは無理かもしれない。でも、それに関連した仕事ならばできるかもしれない。そのためには専門的な知識が必要なんだ」

「なんだかよくわからない」

「何がわからないのさ」

「何もかもだ。どうしてアニメなんていう子供のものに夢中になるのか。どうして東大にアニメの勉強をする講座を作らなければならないのか。講座で単位を取ることが、アニメの現場でどういうふうに役に立つのか……。わからないことだらけだ」

邦彦は、どう説明していいか困っている様子だ。邦彦も困っているだろうが、竜崎も困っている。理解しようにもとっかかりがまったくない。

「わかったよ」

邦彦は席を立ってさっさと自分の部屋に歩き去った。腹を立てて部屋に戻ってしまったのかと思った。ビールが急にまずくなった。

だが、邦彦は部屋に閉じこもったわけではなかった。すぐに引き返してきて、テーブルに何かを置いた。

「何だ、これは」

「ＤＶＤだ。とにかく、これを観《み》てよ」

竜崎はそのＤＶＤを手に取った。パッケージにはマンガが描かれている。アニメなのだから当然だ。それだけで中身を観る気をなくしてしまった。

「テレビ番組か何かか？」

「劇場版の映画だよ。名作なんだ。とにかく何も言わずに観てくれればいい」

劇場映画ということは、二時間くらいはあるはずだ。そんな時間が取れるだろうか。そう思ったが、ここで余計なことを言うとまた邦彦がへそを曲げかねない。

何はともあれ、東大受験を決意してくれたことはうれしい。

「わかった」

竜崎はそれだけ言った。邦彦は、少しばかり不満げな様子で部屋に戻っていった。意を決して話したことが、父親に理解されなかったのだ。満足とは程遠いだろう。

それにしてもアニメとは……。

できれば、考え直してもっとまともな仕事に就いてほしいと思う。これならジャーナリストのほうがずっとましだった。

だが、アニメなど諦《あきら》めろといっても今は耳を貸さないだろう。何とか考えを改めさせる手はないものだろうか。また悩みが一つ増えてしまった。

13

朝、いつものように出勤すると、大森署の玄関前に多くの報道関係者が集まっていた。大森署担当の新聞記者なら堂々と署内に入れるはずだ。ここに集まっているのは、普段は大森署とは関係のない連中だ。

テレビ局のクルーやレポーターがいる。ライターらしい連中もいれば、新聞、週刊誌のカメラマンも大勢いる。

彼らは、竜崎の顔など知らない。竜崎は、彼らの脇《わき》をすり抜けて玄関に向かった。杖術《じょうじゅつ》用の杖《つえ》を持って立っていた警察官が敬礼をした。

それを見つけた何人かが、竜崎のほうにやってこようとした。さらにそれに気づいたほかの何人かが便乗しようとする。

結局、報道陣が竜崎のほうに押し寄せるような恰好《かっこう》になったが、そのときにはすでに竜崎は玄関の中に入り、杖を持った警察官が、報道陣を押し止《とど》めた。

彼らを振り切ったとしても、安心はできなかった。警察署の中には、大森署を担当しているサツ回りの新聞記者がいる。

案の定、彼らは次長席に集まり、副署長から何かを聞き出そうとしていた。貝沼副署長は、のらりくらりと記者たちの質問をはぐらかしていた。

貝沼副署長は、竜崎が出勤したのに気づいて席を立ち、署長室にやってきた。

「記者連中をなんとかしないと仕事になりません」

「ノーコメントだ。それだけ言いつづけていればいい」

「そうしてますが……」

「いったい、彼らは何が聞きたいんだ」

「犯人を撃ったことが間違いだったと言わせたいのでしょう」

「間違いではない。あの場合、止《や》むを得なかった」

「わかっております」

本当にわかっているのだろうか。

竜崎は、もしかしたらその疑念が顔に出るかもしれないと思った。もし貝沼に気づかれてもどうということはない。

貝沼が自分のことをどう思っていようと、職務に支障がなければかまわない。今のところ、貝沼のせいで仕事が滞ったことはない。

前任の署長がどういう人物だったかは知らない。だが、副署長というのは警察署において大きな権限を持っている。キャリアの若殿研修の時代には、署長はお飾りで、副署長が実務のトップというのが実情だった。

さすがに、今時そんな署はないと思うが、長い年月を経て培《つちか》われた伝統や習慣というのはなかなか払拭《ふっしょく》できるものではない。貝沼は今でも、事実上のトップは自分だと思っているのかもしれない。

竜崎は明らかな降格人事でこの警察署にやってきた。貝沼はもちろんそのことを知っているだろう。へまをやらかしたキャリアを、一般の警察幹部がどう見ているかは、だいたい想像がつく。

今朝の朝刊は、どこも事件の続報を扱っていた。東日新聞に抜かれた形になっていたが、それでも無視はできない。各紙とも事件の経緯を詳しく報じており、犯人が機動隊との銃撃戦の最中に死亡したと書いている。

これは、良心的な書き方で、センセーショナルに書こうとするスポーツ新聞などは、はっきりとSATの名前を出しているし、「射殺」という表現も使っていた。

SATがこれまでに犯人を射殺した例はない。だから、マスコミが騒いでいるのだ。だが、何事にも最初があるものだ。前例だけを踏襲していては、欧米化し凶悪化する犯罪についていけなくなる。

マスコミというのは熱しやすくて冷めやすい。じっと嵐《あらし》が過ぎるのを待つというのが、警察の正しい対処の仕方だと、竜崎は考えていた。

竜崎は、斎藤警務課長が運んできたファイルの山に判を押す作業を淡々と続けていた。今のところ、貝沼副署長がマスコミの防波堤になってくれている。

というより、その役目はほかの誰にも譲らないという思いがあるのかもしれない。それはそれで竜崎にとっては好都合だ。

電話が鳴り、受話器を取ると、斎藤警務課長の怯《おび》えたような声が聞こえた。

「方面本部の野間崎管理官です」

電話をつないでもらうと、いきなり相手が言った。

「どういうことになっているのか、ご説明いただきたい」

口調は丁寧になっているが、反感がむき出しだった。警察官は二通りに分かれるといわれている。階級など気にしない現場主義と、階級や相手の役職にこだわる官僚タイプだ。

野間崎は明らかに後者だ。でなければ、ノンキャリアで警視まで登り詰めることはなかったかもしれない。

「何のことですか?」

「何のこと？　あなたには、世の中の騒ぎがわかっておられないようですね。まあ、天から下ってきたようなものですから、仕方がないのかもしれませんが、いつまでもそれでは困りますね」

「誰が何を騒ごうと知ったことではありませんが、それが大森署と何か関係があるのですか？」

「大森署管内で起きた事件です。銃を持った犯人が二人の人質を取って立てこもった。その犯人は、緊急配備《キンパイ》であなたのところが取り逃がした高輪の強盗事件の犯人だった……」

「その件でしたら、すでに書類を検察に提出しました」

「送検したから済むという問題じゃないでしょう。そもそも、緊急配備であなたの署がヘマをやらなければ、この事件は起きなかったのではないですか？」

相手は明らかに興奮してきていた。

いったい、この管理官は何をしたいのだろう。竜崎は心底不思議に思った。

今さら事件の経緯を知ってどうしようというのか。指揮本部では刑事部長が直接指揮を執った。つまり、この事案に対する責任は刑事部長にある。疑問点があるのなら、刑事部長に尋ねればいいのだ。

まさか、指揮本部や前線本部から外されたことで気分を害しているわけではないだろうな。そんな子供じみた感情が理由で仕事の邪魔をされたのではかなわない。

「そう言われましても、事実起きてしまったものは仕方がないでしょう。それに、へマをしたと言われましたが、緊急配備をしたから絶対に容疑者の身柄を確保できるというものでもないでしょう」

「とにかく、詳しい経緯を説明してもらいたい。これから、方面本部に出頭してください」

「なぜです?」

電話の向こうで、野間崎管理官が絶句するのがわかった。しばらく言葉を探しているような間があった。怒りを必死に抑えているのかもしれない。

「方面本部の管理官が所轄《しょかつ》に事情説明を求めるのに理由がいるのですか?」

「事件は署の手を離れています」

「まだ終わったわけじゃない」

野間崎管理官は、大声になった。

「もちろん、終わってはいません。犯人死亡のまま送検ですから、検察でいろいろと手続きがあるでしょう。しかし、所轄の仕事は終わっています」

「方面本部には、所轄を監督する義務がある。だから、現場で適切な措置が取られたかどうか、話をうかがわなければならない」

ここで話をしていること自体が時間の無駄だと思った。

「わかりました。刑事課長を報告に行かせましょう」

「現場で指揮を執ったのは、あなただとうかがいました」

「そうです」

「あなたから直接話が聞きたい」

竜崎は思わず溜《た》め息をついた。

「わかりました。質問があるなら、どうぞ」

管理官は口ごもった。質問の準備ができていない様子だ。何を訊《き》きたいかも決めずに、話が聞きたいというのはどういうことだろう。

「私は報告に来るように言ってるんです」

「それはお互いに時間の無駄でしょう。電話で済むことです。質問にはおこたえしますよ」

またしばらく間があった。それから、野間崎管理官は言った。

「後ほど、また連絡します」

電話が切れた。

署長室の外で、副署長と斎藤警務課長が何事か話をしていた。

竜崎が電話を終えると、まず貝沼副署長が入ってきた。すぐに斎藤警務課長も続いた。

「何だ?」

竜崎が尋ねると、貝沼副署長が深刻そうな顔で尋ねた。

「管理官は、何と……?」

「立てこもり事件のことを報告に来いと言っていた」

「すぐに行かれるのでしょうね」

「行く必要はない。経過が知りたければ、報告書を読めばいい」

貝沼副署長は、いっそう深刻そうな顔になり、斎藤警務課長は、目を見開いて驚いている。

「あの……、方面本部の管理官に来いと言われれば、所轄としてはすぐに出頭しなければなりません」

「そんな規程は、どこを読んでも出ていないはずだ」

「いや、しかし……」

斎藤警務課長は、助けを求めるように貝沼副署長を見た。貝沼が言った。

「私が行ってきましょうか」

竜崎は印鑑押しを続けながら、かぶりを振った。

「質問したいことがあれば、いつでもこたえると言ってある。こちらから行く必要はない」

貝沼副署長の感情をほとんど感じさせない声が聞こえてきた。

「警察の指揮系統に影響を及ぼしかねないので、そういうことは避けたほうがよろしいと思いますが……」

「そういうことというのは、何だ？」

「方面本部の管理官に素直に従わないような振る舞いです」

「私は別に逆らっているわけではない。疑問点があるのなら、こたえられる範囲でこたえる。向こうが言っていることが理不尽なんだ」

「理不尽でも方面本部には従わなければなりません」

竜崎は、手を止めて貝沼を見つめた。貝沼の表情は読めない。真意がまったくわからなかった。

「じゃあ、方面本部が死ねと言えば、君は死ぬのか？」

「時と場合によりますが、そういうこともあるという覚悟はしております」

「警察の指揮系統と言ったが、それは幹部がまともな命令を下すという前提で重視されるべきものだ。そうじゃないか？　理不尽な命令に盲従する必要などない」

「ですが、それが警察というものです」

「ならば、変えなければならない」

貝沼副署長が無表情のまま見返してきた。斎藤警務課長も、無言のまま立ち尽くしている。

「なんだ？」

竜崎は、二人に尋ねた。「私は何か、おかしなことを言ったか？」

「いえ」

貝沼副署長が言った。「本当に、野間崎管理官のことはよろしいのですか」

「いい」

「では、お任せします」

ようやく二人は出て行った。

竜崎にだって、二人が何を恐れているかくらいはわかる。警察というのは、古い体質が残っている。それは、ひょっとしたら明治に警視庁ができて以来変わらないのではないかとすら思えてしまう。冗談のようだが、いまだに薩摩閥《さつまばつ》が幅をきかせている。

次長席の周りには、まだ新聞記者が集まっているようだ。彼らは、なんとしても警察が失敗をしでかしたのだという言質《げんち》を取りたいのだろう。

午前十一時半に電話が鳴った。昨日、この時刻に伊丹が電話をよこした。受話器を取ると、やはり伊丹からだという。つなぐように言った。

「今、会見を終えたところだ」

伊丹が言った。「マスコミは昨日よりずっと騒がしくなっている」

「こちらにも押しかけてきている」

「日を追って取材攻勢は厳しくなるぞ」

「いつかは収まる。どうということはない」

伊丹が小さな声でうめいた。

「おまえは、事態を甘く見ている。マスコミの攻撃はますます激しくなるぞ」

「おまえが抑えればいい。そのために毎日記者会見をやっているんだろう」

「簡単に言うな」

「簡単だとは思っていない。だが、それがおまえの仕事だ」

「おまえに部長をやってもらいたいよ」

「そういう人事なら、いつでも受け容《い》れる」

「まったく、皮肉も通じないんだからな……」

「愚痴を言うために電話してきたのか？」

「訊きたいことがあったんだ。警察庁の首席監察官のことだ。小田切貞夫《おだぎりさだお》という首席監察官を知っているか？」

「もちろん知っている。警察庁の首席監察官は、長官官房にいて、長官直属だからな」

「どんな人だ？」

「頭が切れる。優秀な警察官僚だ」

「優秀な警察官僚ね……。その言葉にはいろいろな意味が含まれるな」

「今回の事件で、小田切さんが監察を担当するということか？」

「そうらしい」

「どうして警察庁の首席監察官がわざわざ乗り出してくるんだ？　警視庁の監察官で充分だろう」

「だから、おまえは事態を甘く見ているというってるんだ。今回のことは、警察内でも大事件なんだ。なにせ、対テロ部隊が初めて犯人を射殺したのだからな」

「おかしなことを言うじゃないか。何のための対テロ部隊だ？　彼らはサブマシンガンで武装している。あの銃は何のためだ」

「もちろんテロを想定してのことだ。だが、今回の事件はテロじゃない」

「消費者金融を襲撃し、二人の人質を取って立てこもった。しかも銃で武装していた。立派なテロリストじゃないか」

「政治的な背景はなかったし、特別な要求があったわけでもない」

「テロが政治的な目的だけで行われるとは限らない。今回の事件では、犯人の拳銃《けんじゆう》に弾が四発入っていた。つまり、四人の死傷者が出る恐れがあったわけだ。強盗事件の逃亡犯でもあった。ＳＡＴの対応は世界的な基準で考えても決して間違っていない」

「理屈ではそうだが、世間ではそういう割り切った見方は少数派だ。それより、小田切さんのことをもっと詳しく知りたい」

「知ってどうする？」

「こっちだって対応の仕方を考えなけりゃならんだろう」

「姑息《こそく》なことを考えるより、ありのままを話せばいいんだ」

「誰もがおまえのようにできるわけじゃない」

「できないことが不思議でならない」

受話器の向こうから、小さな溜め息が聞こえた。

「警察庁《サッチョウ》の首席監察官が乗り出してきたということは、おまえもただでは済まないということだぞ」

「当然、査問くらいは覚悟している。だが、私は間違ったことはしていないという自信を持っている」

「それで済めばいいがな……。」

小田切さんのことを詳しく教えてくれ」

「東大法学部卒。若い頃には、東北地方の所轄の署長を経験している。一度警察庁に戻り、その後は大分県警、長野県警などを歩き、秋田県警本部長をやった後警察庁に戻り首席監察官となった。階級は警視監だ」

「よく覚えているな」

「俺は、長官官房の総務課長だったんだ。それくらいのことは、頭に入っている」

「つまり、小田切さんは、捜査などの現場経験はほとんどないということだな?」

「そう。いわゆるエリートコースだ」

「だとしたら、査察に関しても容赦ないな」

「そうだろうな。だが、優秀な官僚ではある」

「今回はその点が問題だろうな」

「どういう意味だ？」

「現場の方便を理解してくれないだろうということだ」

「あの人なら、理解する必要などないと考えるだろうな」

「合理主義者なのか？」

「そうだろう」

「つまり、おまえと同じということか？」

竜崎は、ちょっと驚いた。

「俺と小田切さんはまったく違う。小田切さんはエリートコースまっしぐらだが、俺はこうして降格人事をくらっている。もう出世の見込みはないだろう」

「追及は厳しいのだろうな」

伊丹は、竜崎の降格人事のことについては触れたくなさそうだった。

「もちろん厳しい。妥協を許さない人だ」

「だとしたら、監察も厳しいものになるな。何か弱点はないのか？」

「おい、監察官の弱点を探してどうする気だ？」

「敵を知り、己を知れば……だ」

「監察官は敵じゃない。捜査や検挙の方法が適正だったかどうかを確認するだけだ」

「それはおまえの得意なたてまえだ。これだけマスコミが騒げば、警察としても誰かスケープゴートを探したくなる。それが俺かもしれないし……」

そこで、伊丹はいったん間を置いた。「おまえかもしれない」

竜崎は、昨日伊丹が言っていたことを思い出していた。伊丹がSATは使うなと言ったことを、覚えているかどうか確認されたのだ。

嫌な気分だった。監察を受けるのはどうということはない。だが、伊丹は、組織ぐるみで誰かを犠牲者に仕立て上げるようなことを言っている。

「間違ったことはやっていないのだから、正々堂々としていればいい」

「時々、本当におまえがうらやましくなる。監察のやり方は人それぞれだが、たいていはトップから徐々に下の人間へと進む。まず、指揮本部長だった俺が尋問されるだろう。その次はおそらくおまえだ」

「警察庁で、マスコミ対策をした経験から言えば、マスコミの顔色をうかがうことはない。彼らの言動には責任がない。一方、俺たちは日々責任を負って仕事をしているんだ」

「だからといって無視はできない。それから、もう一つ大切なことがある」

「何だ？」

「東日新聞に情報を洩《も》らしたのが誰か、突き止めておく必要がある。この騒ぎのもとはその漏洩《ろうえい》だったんだ」

「東日が抜かなくても、いずれわかったことだ」

「俺は発表しないつもりだった」

「じゃあ、洩らしてよかったな」

「何だって？」

「隠したって、誰かが嗅《か》ぎつける。事実は公表すべきなんだよ。まだ懲《こ》りないのか」

伊丹は、また小さくうめいた。眉間《みけん》にしわをよせている伊丹の顔が見えるようだった。

「また、連絡する」

電話が切れた。

竜崎は、手を止めてしばらく考えていた。

時間的に考えて、現場にいた捜査員の誰かが情報を洩らしたことは明らかだ。個人を特定することはあまり意味がないと、竜崎は考えていた。だが、今後このようなことがないように、釘《くぎ》を刺しておく必要はある。

署の捜査員でないことを祈りたい気分だった。

14

そろそろ昼食にしようかと考えている頃、驚いたことに、野間崎管理官が乗り込んできた。

斎藤警務課長は、心配そうに署長室の外から様子をうかがっている。そこに、貝沼副署長もやってきた。

貝沼は、斎藤警務課長と二言三言、言葉を交わすと、署長室に入ってきた。

野間崎管理官の脇《わき》でしっかりと腰を折って礼をすると、竜崎の机の横に立った。

「そちらがたいへんにご多忙そうだったので、こちらからうかがうことにしました」

野間崎管理官は、相変わらず口調だけは丁寧だ。

竜崎は、座ったままだった。貝沼がそれを気にしている様子だった。

「ご足労いただき、恐縮です」

竜崎は言った。「そちらにおかけください」

会議用のテーブルと椅子《いす》があるほうを示した。

野間崎管理官は、何もかもが気に入らないという態度でしばらく竜崎を見つめていたが、やがて椅子の一つに腰を下ろした。貝沼は立ったままだった。

「時間を無駄にしたくないそうだから、要点だけを質問しましょう」

竜崎はうなずいた。

「それがお互いのためだと思います」

「立てこもり事件を起こした犯人は、高輪の消費者金融強盗事件の犯人のうちの一人だというのは事実ですね？」

「そうです」

「立てこもり事件が起きたのは、大森署管内ですね？」

「そうです」

「緊急配備《キンパイ》の際に、その犯人の身柄を確保できていれば、立てこもり事件は起きなかった。そうですね？」

「そういう言い方をされたら、そうですとこたえるしかないですね」

貝沼副署長の視線を感じた。

もっとましなことは言えないのかと、責められているような気がした。

野間崎管理官は、満足げにうなずき、さらに質問した。

「立てこもり事件の際に、現場で指揮を執ったのは、あなたですね？」

「それは、少しばかり事実と違います。指揮を執ったのは、本庁特殊犯係の下平係長です」

「あなたは、現場にいたのですか、いなかったのですか？」

「おりました」

「あなたが現場におりながら、係長に指揮を執らせたということですか？」

「特殊犯係は、誘拐事件や立てこもり事件のために日々訓練を続けていると聞いています。つまり、専門家集団なのです。専門家に任せるのが一番合理的だと考えたのですが、何か間違っていますか？」

「だが、現場にいた中で役職も階級もあなたが一番上だったはずです。そのあなたは、何をしていたのですか？」

この男は、事件の経緯を知りたいのではない。俺の落ち度を探しに来たのだと、竜崎は思った。

「私は、いちおう前線本部の本部長という立場でした」

「具体的には何をされていたのですか？」

「下平係長が判断に困ったときの意思決定です」

「つまり、現場の責任者だったわけですね？」

「そういうことになります」

「うかがいたかったことは以上です」

野間崎管理官が腰を上げたので、竜崎も儀礼的に立ち上がった。

「失礼します」

出口に向かう。貝沼副署長が、竜崎のほうをちらりと見てから、そのあとを追った。

竜崎はその二人を立ったまま眺めていた。

しばらくして貝沼副署長が戻ってきた。斎藤警務課長もおずおずと署長室に入ってきた。貝沼が言った。

「すっかり野間崎管理官を敵に回してしまったようですね」

竜崎は、まったく気にしていなかった。

「方面本部には、所轄署《しょかつしょ》に対する監督責任がある。事情を調べたくなる気持ちもわからないではない。刑事部長の話だと、警察庁の首席監察官が動きはじめたらしいから、万が一、方面本部で事態を把握していない、などということになったら、立場がないだろうからな」

貝沼副署長の眉《まゆ》がぴくりと動いた。おそらく、驚いたのだろうと竜崎は思った。斎藤警務課長は、いつもの驚きの表情だった。

「警察庁の首席監察官……」

貝沼副署長が言った。「えらいことになってきましたね」

「別にそうは思わない。監察官が捜査等の経緯について適切かどうかを調べるのは、あたりまえのことだ」

「それはそうですが……。野間崎管理官の動きが気になります。わざわざ向こうから出向いてきて、質問した内容があれですから……」

「警察庁の小田切首席監察官は、公正な方だ。偏見や私怨《しえん》による中傷などに惑わされるような人じゃない」

「首席監察官をご存じなのですか？」

「同じ長官官房にいたからな」

斎藤警務課長が、またしても驚いた顔をした。

「とにかく、署にやってくる記者たちは、私がなんとかします。署長には、監察のほうをお願いします」

竜崎は、貝沼副署長を見つめた。貝沼は表情を変えない。

「監察のほうを任せるというのはどういう意味だ？　もちろん、私は前線本部の責任者だったのだから、当然査察を受けることになると思うが……」

「署長個人の問題ではありません。署長が責任を問われるということは、大森署全体の問題なのです」

「それが理解できない。もし、私が何か失敗をしたとしても、それは私個人の失敗だ。大森署全部が責任を問われる筋合いはない」

「理屈としてはそうですが、野間崎管理官のような人は、必ず大森署に対して厳しい態度で臨んできます」

「君は、あの管理官の言いなりになるべきだというのか？」

貝沼は、ちょっとの間考えていた。

「それが無難な場合もあると思います」

竜崎はあきれてしまった。所轄というのは、なんと卑屈な存在なのだろう。上の者が白と言えば、黒いものが白になるとでも言うのだろうか。

「そんな必要はない」

「しかし……」

「これまではそうだったかもしれない。だが、これからは違う」

貝沼が何か言いかけた。それを制するように、竜崎は続けた。

「犯罪は日々変化している。外国人の犯罪も増えているし、犯罪が若年化し、これまで日本では考えられなかったような犯罪に出っくわすこともある。テロの脅威も増していくだろう。警察がこれまでと同じでいいはずがない。犯罪が変わるのなら、警察も変わらなければならない。手強《てごわ》い犯罪に対する一番の武器は合理性だと、私は信じている」

「合理性ですか？」

「そうだ。原理原則を大切にすることだ。上の者の顔色をうかがうことが大切なんじゃない」

斎藤警務課長が、貝沼を不安げに見ていた。貝沼はやはり感情を表に出してはいない。

「よくわかりました」

貝沼は言った。「マスコミは抑えます」

貝沼が部屋を出て行こうとした。

「頼みたいことがある」

貝沼は立ち止まり、振り向いた。

「誰が東日新聞の記者に、犯人の銃に弾が残っていなかったことを洩《も》らしたかを、刑事部長が知りたがっている」

貝沼と斎藤が顔を見合わせた。妙に意味ありげだ。

「何だ？」

竜崎は尋ねた。「何か言いたいことがあるのか？」

貝沼がこたえた。

「それについては、ある話を小耳に挟みました」

「どんな話だ？」

「未確認情報ですので、お耳に入れるのはどうかと……」

「いいから、聞かせてくれ」

貝沼は、ちらりと出入り口のあたりを見てから、机のそばに戻ってきた。声を落として言った。

「ＳＡＴが制圧して、捜査員が現場の検証を終えた直後のことです。うちの捜査員の一人が、東日新聞の記者と話をしているのを見たという者がいます」

「うちの捜査員？　誰だ？」

「刑事課強行犯係の捜査員です」

「名前は？」

「戸高といいます」

「戸高なら知っている。誰が見たんだ？」

「強行犯係長です」

「誰が知っている」

「すぐに強行犯係長に口止めをしましたから、今のところ、署長と私、それからそこにいる斎藤警務課長と、関本刑事課長、そして、目撃した本人である小松係長ですね」

「ほかに広まっている恐れはないか？」

「それはかりは何とも言えません。人の口に戸は立てられないといいますから……」

「今名前をあげた者たちに、絶対に他に洩らすなと言え。その件に関しては、私が預かる」

「了解しました。しかし、こうした噂《うわさ》が広まるのは時間の問題ですよ」

「その時間を稼ぐんだ」

「わかりました」

二人が出て行くと、竜崎は戸高のことを思い出していた。戸高は模範的な警察官とは言い難いように思える。

なにせ初対面の印象が悪かった。まだ竜崎が警察庁長官官房の総務課長をしていたときのことだ。大森署に捜査本部が出来て、そこにいた伊丹に会おうとした。

大森署の署員に捜査本部の場所を尋ねた。それが戸高だった。戸高は、ひどくぞんざいな態度で応じ、捜査本部の場所を教えようともしなかった。恫喝《どうかつ》ともとれる言葉で竜崎を追い払おうとさえしたのだ。

それだけならまだいい。戸高は、竜崎の素性を知ると、ころりと態度を変えたのだ。つまり、一般市民には居丈高になり、上の者にはへつらうという態度が見て取れた。

今回の現場での態度もほめられたものではなかった。犯人の拳銃《けんじゅう》に弾が残っていないということが判明したとき、彼は冷笑を浮かべていたのだ。まるで他人事《ひとごと》のような態度だった。

彼ならやりかねない。竜崎はそう思った。事実を確認しなければならない。大森署の署員が新聞にリークしたなどという噂が、野間崎管理官の耳に入ろうものなら、また大喜びでやってきかねない。

竜崎は、関本刑事課長に内線電話をかけた。

「戸高君はいるか?」

「はい、おりますが……」

「至急、署長室に来るように言ってくれ」

「わかりました」

関本刑事課長の声が急に不安げになった。

しばらくして、戸高がやってきた。一人ではなかった。関本刑事課長がついて来たのだ。

竜崎は関本に言った。

「君を呼んではいない」

「いえ、何事かと思いまして」

一癖も二癖もある刑事たちを束ねる関本は、人一倍やる気があるのかもしれない。おそらく、なぜ戸高が呼ばれたのかわかっているのだろう。だが、やる気というのは空回りすることもある。

「戸高君と二人で話がしたい。悪いが外してくれないか」

関本は、一瞬躊躇《ちゆうちよ》していたが、やがて一礼して署長室を出て行った。

戸高は、身だしなみがあまりよくない。髪は乱れているし、無精髭《ぶしようひげ》が浮いている。警察は、身だしなみにうるさい。にもかかわらず、無精髭が目立つということは、すでに警察の規範を何とも思っていないということかもしれない。

戸高は、斜に構えたような態度で竜崎のほうを見ていた。

「訊《き》きたいことがある」

竜崎は言った。「一昨日の……、正確に言うと一昨日から昨日にかけての事件のことだ。SATが状況を制圧した後、君たちは現場を調べに行ったのだね？」

「行きましたよ。仕事ですからね。所轄の刑事にだってそれくらいのことはできるんですよ」

どうしても一言皮肉を言わなければおさまらない性格のようだ。

「その後のことだ。君が東日新聞の記者と話をしているのを見たという者がいるんだが……」

戸高は、やれやれといった顔をした。

「はっきり言ったらどうです？　自分がリークしたと疑っているんでしょう？」

「疑っている。だから、本当のことを教えてもらいたい」

戸高は一瞬、驚いた表情をした。

「署長は正直なんですね。自分も正直に言います。リークはしていない」

「東日の記者と話はしていないということか？」

「えーと、それはちょっと違いますね」

「説明してくれ」

「現場に知り合いの記者がいたんです。立ち話くらいはしますよ。けど、余計なことは一切言ってませんよ」

「そのとき、どんなことを話したか覚えてるか？」

「記者は当然、犯人は何者だ、とか、事件の背景は、とか訊いてきますよ。自分は、言いましたよ。ここでそんなこと、しゃべれるわけねえだろうってね」

「それだけか？」

「現場を仕切ってるのは本庁《ホンブ》かと訊かれたんで、ＳＩＴだって教えてやりましたよ。それくらいはかまわんでしょう」

竜崎は考えた。別に問題はないと思った。

「それから？」

「それくらいですね。本当に、犯人の拳銃に弾が残ってなかったことなんて、話しちゃいませんよ。まあ、自分を悪者にしたいってんなら、それでもかまいませんがね……」

開き直った発言だ。

「私は、君を悪者にしたいとは思っていない。だが、記事が東日の朝刊に載った。知っていると思うが、朝刊の締め切りというのは午前一時だ。現場で誰かが情報を漏洩《ろうえい》したとしか考えられない」

「自分は知りませんよ」

竜崎は、じっと戸高を観察していた。とても礼儀正しいとはいえない。身だしなみもよくない。皮肉を言ったり開き直ったりしている。

だが、嘘《うそ》を言っているかどうかはまだわからなかった。

「その知り合いの記者の名前は?」

「堀木《ほりき》。下の名前は忘れました」

「わかった。こちらで調べてみよう」

「容疑者の気持ちがよくわかりますよ」

皮肉な笑いを浮かべている。

「監察官の追及はこんなもんじゃない」

戸高は笑みを消し去った。

「監察官……?」

「犯人を射殺したんだ。その措置が適正だったかどうか調べるのは当然のことだろう」

「痛くもない腹を探られるかもしれません。そいつは願い下げですね」

―今回は、警察庁の首席監察官が担当するということだ。なかなか厳しい人だよ」

「なんでそんな大物が出てくるんです？」

「マスコミが騒いでいるからだそうだ。社会的な影響を鑑《かんが》みてのことだろう」

戸高がにわかに落ち着きをなくしたように見える。開き直ったような態度は演技だったのかもしれない。彼は何かを隠しているということだろうか。

「監察を受けると、なにか不都合でもあるのか？」

「不都合なんてありませんよ。でも、あまり気持ちのいいもんじゃない。監察官は、はなっからこっちのことを疑ってかかりますからね」

「これまでも、監察官に調べられたことがあるのか？」

「ないわけじゃありません」

戸高の態度を見ていると、服務規程違反くらいはありそうだ。

「呼びつけて済まなかった。話は以上だ」

戸高は、しばらく何か言いたそうにしていたが、やがてどうでもいいという表情になり、部屋を出て行った。

戸高の後ろ姿が見えなくなると、竜崎はすぐに受話器に手を伸ばし、東日の社会部に電話をかけた。

福本社会部長を呼び出してもらうと、一分も待たされた。

「いや、申し訳ない。別の電話に出ていた。そちらから電話をいただくとは思わなかった。いったい、何事だ？」

「ちょっとうかがいたいことがありまして……」

「何だね？」

「そちらに堀木さんという記者がいますか？」

一瞬、間があった。警戒しているのだろう。

「堀木はたしかにうちの社会部の記者だが……」

「抜いたのはその記者ですか？」

「ちょっと待ってくれ。いったい何の話だ？」

「立てこもり事件です。死亡した犯人の拳銃に弾が残っていなかったことをスクープしたのは、その記者ですかとうかがっているのです」

「そんなこと、教えられるわけないだろう」

「知る必要があるのです」

「つまり、捜査上の秘密を漏洩したルートを探っているというわけか？」

隠す必要もない。

「そうです。どこから洩《も》れたか、知っておく必要があります」

「俺は知らんよ」

「それは嘘ですね。誰の記事か、社会部長が知らないはずはありません」

「知っていたとしても言えない。無理に言わせれば、警察の報道機関に対する圧力ということになる。言論弾圧だぞ」

「弾圧するつもりはありません」

「そっちになくても、そういうことになるんだよ」

「誰が書いた記事か教えることが、言論弾圧につながるとはとうてい思えません。アメリカなどの新聞では、記者が記名で記事を書きます。日本の新聞の匿名性《とくめいせい》のほうがずっと責任を欠いていると思いますが」

「あんたと議論しても勝てる気がしないな。いったい、どこから堀木の名前が出てきたんだ？」

「現場でうちのある捜査員と立ち話をしていたところを、同僚が目撃しています」

「同僚というのは、おたくの署員のことか？」

「そうです。現時点では、そこで漏洩したという疑いが最も濃いのです。もし、記事を書いたのが、堀木さんとおっしゃる記者なら、捜査情報を洩らしたのは、その捜査員と考えてほぼ間違いないでしょう。もし、堀木さんでないということになれば、その捜査員の容疑は大幅に軽減されることになります」

福本は、しばらく沈黙していた。やがて、唸《うな》るような声が聞こえてきた。

「そちらの事情はわかるが、こっちだっておいそれと内部事情を教えるわけにはいかない。ある特定の記者が捜査上の秘密を抜いたということになれば、警察は当然その記者に対して警戒心を抱くだろうし、有形無形のペナルティーを考えることもあり得る」

「まあ、あの記事を不愉快に思っている警察関係者は多いですからね」

「否定しないところが、実にあんたらしいな。ま、そういうわけでそちらの質問にこたえることはできない」

「こたえていただけると、たいへん助かるのですがね」

「そちらの都合を押しつけられても困る」

「こたえはイエスかノーかでいいんです。スクープをもたらしたのが、堀木さんかどうか。ほかには洩らしません」

「あんたのところで止めておくということか？」

「はい」

「それができるのか？　監察官が動き出しているという話を聞いた」

「約束は守りますよ。私に恩を売るいい機会です」

「あんたから、恩を売るなどという言葉を聞くとは思わなかったな」

「私だって人並みに恩義は感じます」

「軽率に返事はできない。考えさせてくれ」

「いいでしょう」

電話が切れた。

福本の話の感触では、イエスともノーとも判断がつきかねた。彼の返事を待つしかない。それまでは、戸高がシロかクロかは保留だ。結論が出ないことを、あれこれ考えても仕方がない。

やるべきことはたくさんある。

15

午後二時過ぎに、警察庁から竜崎あてに電話があった。今日中に出頭するようにとのことだった。

監察の件に違いない。さすがに、警察庁の首席監察官ともなれば、自分から調査に出向くのではなく、対象者を呼び出すのだ。

判を押さなければならない書類はまだ山ほど残っている。竜崎は、貝沼副署長を呼んだ。

「何でしょう？」

「私の印鑑を預ける。警務課長と手分けをして書類に判を押してくれ」

貝沼の眉《まゆ》がぴくりと動いた。

「それはできかねます」

「私は警察庁に行ってこなければならない。留守の間だけでいい」

「印鑑を他者に渡すということは、署長の決裁を放棄なさるということです」

「ここにある書類の全部に、本当に私の判断が必要だと、君は思っているのか？」

貝沼は、すぐにはこたえなかった。慎重な男だ。

「そうは思いませんが、制度上署長の印がないと、物事は完結しません」

「その程度のことなんだ。誰が判を押したところで同じことだ」

「そういう仕組みなのですから、仕方がありません」

「毎日やってくるこの決裁書類の山は、警察署長が余計なことをしないように、書類に縛りつけておくためのものではないかとさえ思えてくる」

「まあ、たしかに最近は書類が増える傾向にありますが……」

「副署長と警務課長が判を押したところで、実害はない。どうせ形式だけのことなのだ。ならば手分けしてやったほうがいい」

「手分けといっても署長印は一つしかありませんよ」

「君が書類に眼を通し、課長が印を押せばいい」

「責任を持ちかねます」

「本当に私の決裁が必要な事柄というのはほとんどない。もしそういう書類があれば残して置いていい」

貝沼は、ようやく納得したという態度を見せた。どうせ、演技だろうと竜崎は思っていた。

何か問題が起きたときのために、自分は反対をしたのだというアピールをしておきたいのだろう。

竜崎は、出かける用意をした。行かねばならないのなら、早く済ませたほうがいい。堂々と制服を着て、署長車で乗り付けてやろうと思った。所轄《しょかつ》の署長に与えられた権利だ。

長官官房で総務課長をしていた頃は、当然ながら専用の車両などなかった。左遷《させん》されながらも役得があるという皮肉な状況を誰かに見せてやりたい気もあった。

「では、出かけてくる」

竜崎が言うと、貝沼はわずかに心配そうな顔になった。

「警察庁にお出かけとのことですが、監察の件ですか?」

「そうだ」

「事前に打ち合わせておくことはありませんか?」

「必要ない。私に任せると言っただろう」

「そうですが、情報の共有はしておいたほうがいいと思います」

「つまり、口裏を合わせておくべきだということか?」

「有り体に言えば、そういうことですね」

「だいじょうぶだ。君に責任を押しつけるようなことはしない」

警察庁が入っている中央合同庁舎二号館にやってきても、ほとんど感慨はなかった。しばらく前までそこで働いていたというだけのことだ。

昔は、ここにいち早く戻ることを目標としていた。地方回りをやっていた頃のことだ。今は、どうでもよかった。

出世コースを外れて自暴自棄になっているわけではない。今の竜崎にとって重要なのは、大森署とその管内のことだけだ。

高層用エレベーターで十六階に行く。総務課で来意を告げると、かつての部下たちが遠慮がちに竜崎のほうを見ていた。すぐに席を立って近づいてきたのは、かつて広報室長をやっていた谷岡裕也《たにおかゆうや》だけだった。

「ご無沙汰《ぶさた》しています」

「広報室は二階だろう」

「こっちに異動になったんです。課長補佐です」

「ほう。いちおう、出世ということだろうな」

「事実上、平行移動ですよ。首席監察官にご用ですね？」

「そうだ」

「ご案内します」

「おい、俺はここで課長をやっていたんだ。どこへ行けばいいか、言ってくれるだけでいい」

「小会議室へどうぞ」

「わかった」

「課長……」

「俺はもう課長じゃない」

谷岡は声をひそめた。

「小田切首席監察官は、かなり厳しい態度で臨む方針らしいです」

「そうあるべきだ」

「徹底的に責任を追及しますよ」

「当然だな」

谷岡は、ふいに表情を緩めた。

「相変わらずですね」

「変人だということか?」

「いえ、ご自分が正しいと信じておいでなので、何があろうと揺るがないのです」

竜崎はびっくりした。

「俺は、いつも揺れ動いているよ。ただ、迷ったときに、原則を大切にしようと努力しているだけだ」

「それが、普通の人にはなかなかできないのです」

「みんなそう言うが不思議でならない。迷ったときの指針を持っているというだけなんだ」

谷岡はほほえんだ。

「本当にご案内しなくてよろしいですね」

「当たり前だ」

一人で小会議室に向かった。ノックしようとしたとき、いきなりドアがあいた。あやうく、鼻面《はなづら》をぶつけそうになった。

中から出てきたのは、伊丹だった。顔色が悪かった。

伊丹はそっとドアを閉めた。

「やばいぞ」

伊丹は囁《ささや》いた。竜崎は尋ねた。

「何が？」

「首席監察官は、関係者全員を処分するつもりかもしれないぞ」

「その必要があればするだろう」

「あの人は、警察内で敵を作ることを何とも思っていないようだ」

「でなけりゃ、首席監察官はつとまらんさ」

「監察官なんて、腰かけの役職だ。警視庁でいえば、副署長を終えて本庁幹部になるまでの間に一年ほどやるというのが通例だ。長くやれば、それだけ内部の人間から怨《うら》みを買うからだ。監察官になることは、たいていのやつが嫌がる。だが、あの人は違う」

「ＳＡＴが犯人を射殺したことを問題視しているのか？」

「それだけじゃない。俺に言わせれば、何もかも問題視しているとしか思えない」

「それが監察官というものだろう」

「とにかく、あとで電話する」

伊丹は、額に汗をかいていた。

いつも快活でおおらかに見える伊丹だが、実はかなり神経が細い。キャリアだし、刑事部長をつとめているのだから、一般の人々に比べれば、ずっとストレスに強いはずだが、それだけでは不充分だ。

竜崎に言わせれば、キャリア警察官僚は、鋼《はがね》のような精神を持つべきだ。その意味で、自分もまだまだだと思っていたが、伊丹は、さらに頼りない。

だが、伊丹にもいいところはある。彼は、自分がそれほど強い人間でないことを、ちゃんと自覚している。敵を作りたくないので、人当たりがいい。

伊丹にうなずきかけると、竜崎はノックしてドアを開けた。

「失礼します」

小会議室は、幹部が使うために、調度類も贅沢《ぜいたく》なものだった。大きなテーブルにはいつでもいくつかのノートパソコンが用意されているし、椅子《いす》は柔らかい革張りの実に座り心地のいいものだ。

テーブルは長方形で、小田切首席監察官は、出入り口から見て左側に座っていた。テーブルの両側を見渡せる議長の席だ。竜崎は反対側の端に立った。小田切首席監察官から見て一番遠い場所だ。

長官官房にいたときに、何度も顔を合わせている。だが、小田切首席監察官には親しみのかけらもなかった。

四角い顔の上に癖毛が載っている。眉毛が太い。ブルドッグのような風貌《ふうぼう》だ。警察庁の職員は眼鏡をかけている者が多いが、小田切首席監察官はかけていない。

「竜崎署長、ご足労をかけました」

きわめて事務的に、首席監察官が言った。「掛けてください」

竜崎は、目の前の席に腰を下ろした。つまり、小田切首席監察官から一番遠い席だ。

「いくつかの質問にこたえていただきますが、これは、まだ予備調査的な段階です」

無駄な会話は一切なかった。竜崎も世間話など期待していたわけではなかった。官僚というのはこうでなければいけないと、竜崎は共感さえ覚えた。

一方で、ここに来て初めて言いようのない不安を感じるようになっていた。署を出るときも、警察庁に着いたときもまったく平気だった。別に違法な捜査はしていないし、服務規程に反するような指示を出してもいない。その自信があった。

だが、実際に小田切と向かい合ってみると、妙に心が騒いだ。

なるほど、伊丹の気持ちもよくわかる。竜崎は、そんなことを思っていた。

「犯人が発砲したという知らせを聞いたのは、九月十二日火曜日の午後九時四十五分頃。間違いありませんね」

小田切は、書類を一切見ていない。手もとには厚いファイルやさまざまなコピーがあるが、それらはすべて頭に入っているようだ。

竜崎はこたえた。

「間違いありません」

竜崎も事件のことは記憶していた。

「それを、あなたはどこで知りましたか？」

「大森署です」

「どういう経緯で知ったのですか？」

「現場の『磯菊』という飲食店を、大森署の地域課係員が訪問していました。そこで発砲があったので、すぐに署活系の無線で連絡が入りました」

「なぜ、地域課の係員が現場である『磯菊』を訪ねていたのですか？」

「昼間に『磯菊』で言い争う声がするという通報がありました。その後、何度か地域課係員が様子を見に寄ったのですが、営業日にもかかわらず、夕方になっても店が開く様子がありませんでした。さらに、夜になっても、人がいる様子なのに店は閉まったままだったので、再度係員が訪ねたのです」

小田切は厳しい眼差《まなざ》しのままうなずいた。

「通報があったときに、すぐに係員を派遣しなかったのですか？」

「しませんでした」

「なぜです？」

「緊急配備の最中で、ちょっとしたいざこざは後回しにしようと判断したのです」

「その判断は、署長であるあなたが下したのですか？」

あのときは、久米地域課長が判断したのだ。だが、竜崎がその判断を受け容《い》れたのは事実だ。

「はい。情報はすべて署長室に集めていましたので、結局は私の判断ということになります」

「緊急配備を理由に、『磯菊』の言い争いを後回しにしたということですね」

「はい」

「だが、実はその『磯菊』の言い争いは、犯人と人質のものだった……。そうですね」

「そういうことになります」

「そして、その犯人というのは、緊急配備の対象となっていた高輪の消費者金融強盗事件の犯人グループの一人だったわけですね」

「はい」

「つまり、そこで大きな判断ミスがあったわけですね。緊急配備だからこそ、地域内の異変にはとにかく駆けつけるという配慮が必要だったのではないですか？」

言われてみればもっともだ。竜崎は妙に納得してしまった。

なぜ、あのときそう考えなかったのだろう。おそらく、それが現場の恐ろしさだ。緊急配備というのは、現場にとっては特別なことだ。一方、言い争いや喧嘩《けんか》などというのは、地域課にとっては日常の出来事だ。

特別なことが起きているときには、日常のことは見過ごされがちだ。

竜崎が考え込んでいると、小田切の厳しい声が聞こえた。

「どうなんだね？」

竜崎は、顔を上げた。

「結果的にはおっしゃるとおりかもしれませんが、現場ではさまざまなことが起きます。通報のときに駆けつけたとしても、発砲事件や立てこもり事件は起きていたかもしれません」

「現場ではさまざまなことが起きる……」

小田切は竜崎の言葉を繰り返した。「それは、現場の人間の言い訳です」

「私は現場の人間ですから……」

小田切の眼がさらに厳しくなった。

「いやしくも君は、この警察庁で長官官房の総務課長をつとめた人間です。現場と同じレベルで物事を考えてもらっては困ります。君は管理する側の人間です」

それは同感だった。所轄署《しょかつしょ》の署員というのは兵隊なのだ。統率する者がいなければ、兵隊は動かない。

「おっしゃるとおり、もっと自分の立場を自覚すべきでした」

「言い争いの通報があったときに、『磯菊』に署員を向かわせていれば、緊急配備中に犯人の身柄を確保できた可能性があった。そのことは認めますね？」

「その点については疑問です。言い争いがあったということは、その時点で犯人が人質を取ったと考えるべきでしょう。緊急配備解除直後から何度か地域課係員が『磯菊』を訪ねており、それによって犯人の逃亡が防げたのだと考えております」

「可能性の話をしている。もし、通報の時点で駆けつけていれば、その時点で犯人を確保できた可能性はありましたね？」

おや、と竜崎は思った。この人は、すでに自分で結論を出していることに対して、こちらに返答を求めている。自分の言いなりになれということだろうか。

ここは折れるわけにはいかない。

「いいえ。その可能性はきわめて少なかったと思います」

「それが君の判断ですか？」

「そうです」

「判断力を問われることになるかもしれません」

「私はこの判断を信じています」

小田切はしばらく竜崎を見据えていた。さすがに落ち着かない気分になってきた。

なるほど、伊丹が青くなるのもわかる。

口調は激しくないが、小田切は質問の形を借りた恫喝《どうかつ》をしているに等しい。しかも、事実を自分なりに解釈した結論をもとに恫喝しているのだ。そんなものに屈するわけにはいかない。

竜崎は、まっすぐに小田切を見返していた。小田切が言った。

「発砲があった後の措置についてうかがいます。どういう措置を取りましたか？」

「地域課係員と、刑事課の強行犯係を現場に急行させました。強行犯係の現場到着が、午後十時頃です。一方で、各課の課長を署長室に集めました。警務課は指揮本部設置に向けての準備を始めました」

「警視庁捜査一課の特殊犯捜査第二係と鑑識が十時十五分頃に現場到着。その後、伊丹部長が大森署に行っていますね」

「伊丹刑事部長が大森署に到着したのは、午後十時半頃のことです」

「その後、あなたはどうされましたか？」

「現場に出かけました」

「指揮本部ではなく、現場に……？」

「指揮本部は、伊丹刑事部長に任せるべきだと考えました」

「では、あなたは、現場で指揮を執ったのですか？」

「実際に指揮を執ったのは、警視庁のＳＩＴです」

「ＳＩＴの誰です？」

「特殊犯捜査第二係の下平係長です」

「署長であるあなたがその場にいながら、係長に現場の指揮を執らせたということですか？」

　この質問にも悪意のようなものを感じた。

「特殊犯係は、誘拐事件や立てこもり事件、テロ等の事件のために、日々訓練を積んでいると聞いています。彼らはやり方を心得ているし、現場では指揮を一本化しないと危険だと判断しました」

「係長に責任を取らせようとしたということですね」

「そうではありません。責任はすべて私にありますが」

「つまり、あなたの責任においてSITの下平係長に指揮を預けたということですね？」

「そうです」

同じことを先ほども訊《き》かれた。ひょっとしたらすでに野間崎管理官から何らかのチャンネルで、情報が首席監察官に上がっているのかもしれない。

「SITはどういう方針で事件に臨みましたか？」

「犯人との交渉、そして説得です。電話をかけ続けました」

「結果は？」

「犯人は交渉を拒否しました。一度だけ電話に出ましたが、それ以降は受話器を取ろうとしませんでした」

「つまり、SITは失敗したということですね」

「下平係長は、予想外の事態だというようなことを発言していました。立てこもり事件の場合、犯人が交渉を拒否することは滅多にないということです」

「その滅多にないことが起きた。SITは、失敗したのだということは認めますね」

小田切が言いたいことはわかる。その失敗は、つまりは彼に指揮を執らせた竜崎の責任だと言いたいのだ。

「下平係長は、訓練通りに事態に対処し、最大限の努力をしました。それでも予期しないことが起きる。それは仕方のないことだと思います」

「仕方のないことでは済まないのです。失敗が許されない局面もあります」

「人間のやることに百パーセントはあり得ません」

「あなたのそういう面を、方面本部ではたるんでいると見ているようですがね」

やはり、野間崎管理官からの情報に接しているな。竜崎は思った。野間崎はわざわざご注進に及んだというわけだ。

直接話をしているとは思えない。野間崎は、書面で竜崎について報告しているに違いない。「たるんでいるとか、やる気がないとかいう言い方は、実に主観的なものです。大森署はやるべきことはやりました。私もそうですし、署員もそうです」

「所轄を監督する方面本部の意見は無視できません」

「私は気にしません」

「SITに指揮を執らせておいて、結局はSATに突入を許したのはどういうことですか?」

「事態の局面は刻々と変化します。交渉と強攻策の両面を準備するのは、当然の措置だと思います。アメリカでもＳＷＡＴを配置に着かせておいて、ネゴシエーターを使うのです」

「伊丹部長は、ＳＡＴは使うなと指示したと言っていました」

それは事実だから、伊丹には言う権利がある。だが、野間崎の具申同様に、小田切に好材料を与えてやったことになるかもしれない。

「たしかに、そう言われました。しかし、ＳＩＴによる交渉がうまくいっておりませんでした。人質の体力にも限界があります。ＳＡＴの小隊長は早期解決を主張しました。それで、ＳＡＴに突入準備をさせて待機させました」

「発砲の許可を出したのは誰ですか？」

「私です」

「所轄署の署長に、警備部所属のＳＡＴに対する発砲許可を与える権限はありません」

「私は、前線本部長でした。現場で起きていることにはすべて責任がありました。当然、現場でのすべての権限も与えられていたと考えるべきだと思います」

「警察官の権限はその場その場で変わるようなものではありません。厳格に法律と職務執行規程によって決められています」

「警察署長が機動隊の小隊に対して発砲を許可する権限はないという法律の条文があるのですか?」

「そういう条文はありません」

小田切は素直に認めた。単に圧力を加えようとして、発砲を許可する権限がないなどと言っただけだ。警察官は、実は上司に許可など求めなくても発砲できる。拳銃使《けんじゆう》用に関して、注意事項が細かく規定されているに過ぎない。

ただ、拳銃使用について上司の判断を仰ぐことはある。今回のように立てこもり犯を制圧しようとするときなどがそうだ。有名な浅間山荘事件のときは、「発砲許可は警察庁長官の事案とする」ということになっていた。

「しかし」

小田切はさらに言った。「だからといって、あなたの責任が問われないわけではありません。あなたは、SATに発砲の許可を与え、さらに突入させました。指揮本部長だった、伊丹刑事部長の指示を無視したわけです。そして、SATが突入した時点で、犯人の拳銃は空だったのです」

「犯人の拳銃に何発残っていたかはわかりません。SATが突入したときに、複数の銃声がしました。犯人が撃ち返したのかもしれません」

「犯人は撃ち返していません。それはSATの小隊長から確認を取ってあります。つまり、犯人の拳銃には四発しか実弾が入っていなかったのです」

「我々は、犯人が十発以上の実包を持っているという情報を得ていました。すでに身柄拘束されていた、高輪の消費者金融強盗事件の犯人たちからの情報です。その情報をもとに行動するしかなかったのです」

「その点については、たしかに伊丹部長にも責任があります。当然その責めを負うことになるでしょう」

　小田切は公正な人だと聞いていた。だが、評判と実際は違うものだと竜崎は思った。小田切は今、誰かに責任を取らせることしか考えていない。

　監察官の仕事は、断罪することではない。警察官の職務が公正に行われたかどうかを調査することだ。小田切はそれをはき違えているように、竜崎には思えた。

　ここに来るまでは、監察官に対する反発などまったく感じていなかった。尋問されることについても抵抗はなかった。今は違う。小田切のやり方に少々腹を立てていた。

「四発目は、屋内で発射されました。外に向けて撃ったのではないのです。つまり、人質が撃たれた恐れもあったわけです。一刻も猶予《ゆうよ》はありませんでした」

「刑事部長の指示を無視してSATを突入させ、弾の入っていない拳銃を持っていた犯人を死なせた。この事実に間違いはありませんね」

「理由があってやったことです」

「私は事実を確認しているのです。今言った事実に間違いはありませんね」

「間違いはありませんが、正確でもありません」

「どういうことですか？」

「私にとって都合の悪い事実だけがつなぎ合わされているような気がします」

「私が何かを見落としているということですか？」

「そうではありません。故意に無視しているのでしょう」

「どんな事実を……？」

「人質が二人とも無事に救出されたことなどです」

小田切は、しばらく竜崎を見つめていた。竜崎も無言で見返した。やがて、小田切が言った。

「これで質問は終わります。ただし、先ほども言いましたが、これは予備的な調査です。また、質問にこたえていただくことになるでしょう」

「わかりました」

竜崎は立ち上がり、礼などせずにそのまま部屋の外に出た。

16

署に戻ると、斎藤警務課長が告げた。

「東日新聞の福本部長からお電話がありました」

「何か言ってたか？」

「私の気が変わらないうちに電話をしてくれと……。どういう意味かわかります？」

「わかるような気がする」

竜崎はすぐに福本に電話をした。

「ずいぶんと考えたぞ」

福本は言った。「逆のこたえだったら、きっと言わなかっただろうな」

「……というと？」

「記事を書いたのは堀木じゃない。別の記者だ」

「本当ですね？」

「嘘《うそ》をつくために電話したわけじゃない」

「ありがとうございます」

「これで貸しができたと考えていいんだな？」

「そういうことになりますね」

「じゃあ、教えてくれ。警察では何かの処分を考えているのか？」

先ほどまでなら、そんな必要などないはずだとこたえただろう。だが、小田切に会ってから事情が変わった。誰かがスケープゴートにされるだろうという伊丹の考えは正しかったのかもしれない。

「まだ、わかりません」

「貸しがあるんだぞ」

「本当です。私も今し方、首席監察官の尋問を受けてきたところです。調査はこれからです」

「また電話する」

電話が切れた。

竜崎は、考えていた。小田切が誰かを犠牲者にしようとしたとき、竜崎は恰好《かっこう》の対象ではないだろうか。現場の責任者だった。ＳＡＴの突入を許可したのは、間違いなく竜崎だったのだ。

経歴の面でも都合がいいかもしれない。キャリア組だが、家族の不祥事で降格人事をくらった。もう出世の望みはない。小田切としても処分しやすいのではないだろうか。

伊丹の首を切るとは思えない。だとしたら、やはり処分されるのは竜崎のほうだろう。小田切は、伊丹の指示に逆らった点を強調していたようにも思える。

おそらく警察庁にいた頃なら、処分に怯《おび》えていただろう。出世におおいに響くからだ。官僚というのは、出世しなければならないと竜崎は考えていた。出世すればするほど権限が増えるからだ。つまり、できることが増えるのだ。

今は官僚とは違った世界にいる。出世のことなど考えなくていい世界だ。ひょっとしたら地方に飛ばされるかもしれない。それならそれでいいと思っていた。どうせ、署長の任期というのはそれほど長くはない。

だが、妻の冴子のことが気になった。

胃潰瘍《いかいよう》の原因のほとんどがストレスなのだと、美紀が言っていた。そうなのかもしれない。

竜崎は、家庭のことはすべて冴子に任せきりだった。だからこそ、仕事に精を出すことができたのだが、冴子は密《ひそ》かに重圧に耐えていたに違いない。

引っ越しが多く、結婚以来落ち着いた記憶がない。警察官僚の生活などそんなものだと、竜崎は思っていたが、冴子にかかる負担はあまり考えたことはなかった。

また地方に飛ばされるとなると、少なからず冴子に苦労をかけることになる。健康なときなら耐えられるだろうが、今は不安だった。病気が悪化するかもしれない。

「失礼します」

貝沼の声で、我に返った。

「何だ？」

「これ、お返しします」

竜崎の印鑑だった。

「ああ、ごくろうだった」

ファイルの箱がかなり減っていた。今後も、この手でいこうと、竜崎は密かに考えていた。

印鑑を手渡した後も、貝沼はその場を去ろうとしなかった。

「どうした？　まだ何かあるのか？」

「監察のほうはどうでした？」

「いろいろ問題点を指摘されたよ」

「問題点ですか……」

「まだ予備的な調査の段階だと言っていた。だから、この先どういうことになるのか、まったくわからない」

　これは本当とは言い難い。竜崎は、おそらく自分が処分されるだろうと考えている。だが、それを貝沼に言っても仕方がない。処分されることが決まっている署長になど従う気をなくすに違いない。

　電話が鳴り、それを潮に貝沼が部屋を出て行った。

　電話の相手は伊丹だった。

「いや、寿命が縮まる思いだった。そっちはどうだった？」

「大森署の署長としての責任と、前線本部長としての責任の両方を指摘された」

「具体的には……？」

「キンパイのときに、犯人を取り逃がしたこと。その犯人が人質と言い争いをしていたのだが、その通報を無視したこと……。それが、署長としての責任だ。ＳＡＴに発砲を許可し、突入を認めたこと。これが前線本部長としての責任だ。ＳＡＴを使うなというおまえの指示に従わなかったことも指摘された」

「ＳＩＴにやらせればよかったんだ」

「相手が交渉の土俵に上がってくれなかった。そして、屋内で発砲があった。事態は切迫していた」

「俺の立場も説明しておかなければならなかった」

「当然そうだろうな」

「おい、皮肉はよせ」

「皮肉じゃない。本当にそう思っている」

「身柄確保していた消費者金融強盗の犯人たちの情報を鵜呑《うの》みにした。その責任は刑事部長の俺にある。たしかに、犯人が実弾を何発持っていたかは、はっきりしなかった。だからといって、ＳＡＴを突入させる必要はなかった」

「おまえは現場にいなかった。人質と捜査員が危険にさらされていたんだ」

「持久戦に持ち込めば、なんとかなったかもしれない」

「いや、その点ははっきりしている。犯人は交渉に応じようとしなかった。これは、珍しいことだと、ＳＩＴの下平係長が言っていたが、実際犯人は一度電話に出たきり、二度と受話器を取ろうとしなかった」

「問題は、犯人が実弾を十発以上持っているという未確認情報を信じて、過剰な対応をしたということなんだ」

「過剰な対応だったとは思わない」

「犯人が射殺されたとき、拳銃《けんじゅう》に実弾は残っていなかったんだ」

「あの時点では、犯人が実弾を何発持っていたかなど、確認はできなかった」

「マスコミにとっては、そんなことはどうでもいいんだ。警察が実弾を持っていない犯人を射殺した。その事実だけが重要なんだ。つまり、なんとしても警察をつるし上げたいんだ。小田切首席監察官は、それを重要視しているのだろう。警察は、内部の者には甘いと言われてきた。監察も、なあなあだという批判があった。だからこそ、小田切首席監察官は、ことさらに厳しい態度で臨んでいるんだと思う」

「たしかに、事実を確認するというより、誰を血祭りに上げるかを考えているようだったな」

「俺もおまえも無傷では済まないかもしれない」

「おそらくおまえはだいじょうぶだ。刑事部長を処分するほどのことじゃない。処分を受けるとすれば、所轄《しょかつ》の俺だ」

「警察が容疑者を撃つということに関しては、マスコミや人権主義者は実に神経質だ。おまえが思っているより大事なんだ」

「人質を救出できなかったというのならいざ知らず、事件はちゃんと解決したんだ。考えようによっては、警察が犯罪に対して毅然《きぜん》とした態度を見せたということなんだ」

「まあ、いずれにしろ、首席監察官次第ということだな」

「今、地方に飛ばされるのは、正直言ってきついがな……」

「そりゃ、署長に赴任したばかりだからな……」

「女房は胃潰瘍だ。ストレスが原因だと娘が言っていた。また地方に異動ということになれば、苦労をかけることになる」

つい本音が出た。伊丹に気を許したわけではない。ちょっと弱気になったのかもしれない。

「そうだったな……」

伊丹は、沈んだ声になった。「なんとか訓告や厳重注意あたりで済むといいんだが……」

「小田切さんは、明らかにもっと厳しい処分を考えているように、俺には感じられた」

「俺もそう感じたよ。まあ、処分についてはここであれこれ考えても仕方がない。どこから洩《も》れたか、何か手がかりはないか？」

「一人疑わしい捜査員がいたが、今し方その捜査員の疑いは晴れた」

「そうか。何かわかったら、教えてくれ」

電話を切ると、竜崎は無力感に襲われた。

犯人は拳銃を所持し、人質を取って立てこもっていた。そして、実際に四発、発砲したのだ。射殺もやむなしと考えるのが、世界的な常識だろう。

何のためのＳＡＴなのだ。こんなことで、警察内部が右往左往している。実際にテロ事案が起きたときには、対処できるのだろうか。これでは、ＳＡＴの装備も訓練も無用の長物だ。

竜崎は、余計なことは考えず、やるべきことだけをやることにした。刑事課に電話をかけた。

「戸高君はいるか？」

関本刑事課長がこたえた。

「今外出しておりますが……」

「戻ったら、私のところに来るように言ってくれ」

「わかりました」

「ああ、課長も同席してくれたほうがいい」

「何か問題ですか？」

「いや、そうじゃない。来てくれたときに詳しく話す」

受話器を置くと、残った書類に判を押しはじめた。


戸高と関本課長が署長室にやってきたのは、午後六時を回った頃だった。

戸高は相変わらず、ちょっと世をすねたような態度だ。関本課長が竜崎の机の正面に立ち、戸高はその脇《わき》にいた。

竜崎は戸高に言った。

「東日の社会部長に確認を取った。情報が洩れたのは堀木という記者のルートではなかった。君を疑うような形になって、申し訳なかった」

関本課長が言った。

「社会部長に確認を……？」

「そう。古い付き合いなんだ」

「たまげましたね」

戸高が皮肉な笑みを浮かべて言った。「自分ごときのために、わざわざ確認を取ってくださったのですか」

「当然だ。事実を明らかにしなければならないからな」

関本課長が言った。

「それにしても、社会部長がよくそんなことを教えてくれましたね」

「事実が逆だったら、教えなかっただろうと言っていた。課長にも来てもらったのは、噂《うわさ》が広まらないうちに、事実を伝えたかったからだ」

「わかりました。誤った噂が広まらないように注意します」

「以上だ」

課長はきちんと礼をしたが、戸高は、いいかげんな会釈《えしやく》をした。

「課長、いい機会だから、署長にも話を聞いてもらいたいんですがね……」

戸高が言った。すると、関本課長が叱《しか》った。

「余計なことは言わなくていい。調べる必要があれば、ちゃんと調べる」

「何のことだ？」

竜崎が尋ねると、戸高が言った。

「今回の事件、なんか納得できないことが多いんですよね……」

「どういうことだ？」

「なんかしっくりこないというか……。署長はそう感じませんか？」

挑戦するような眼差《まなざ》しだった。

戸高は何を言っているのだろう。

「別に妙な点はないと思うが……」

戸高は、冷笑ともいえる笑みを浮かべた。

「ま、自分のような一捜査員が言ったところで、どうなるものでもないでしょうけどね……」

関本課長が、苛立《いらだ》った様子で言った。

「必要があれば、課長の私から報告する。さ、行くぞ」

「待ちなさい」

竜崎は、興味を覚えた。「何がしっくりこないんだ？　気になることがあったら聞かせてもらいたい」

関本課長は慌《あわ》てた様子で言った。

「戸高は根拠があって言っているわけじゃないんです。お気になさらないでください」

戸高はどう見てもひねくれ者だ。だが、ひねくれ者だからこそ、みんなが気づかないことに気づくという可能性がある。誰も疑わないことを疑ってみるのも捜査員の仕事だ。

「いいから、聞かせてくれ。つまらない話だったら忘れるだけのことだ」

関本課長は、「しょうがないな」とでも言いたげな眼で戸高を見た。戸高は、竜崎を見て話しだした。

「自分が違和感を覚えたのは、地域課が言った『磯菊』での言い争いという言葉です」

「言い争いがどうかしたのか?」

「考えてみてください」

戸高は、こちらの捜査能力を推し量るような眼差しで言った。「拳銃を持った犯人が人質を取ろうとして押し入ったんです。そこで言い争いなど始まりますかね……。一方的に犯人が怒鳴っているというのなら話はわかります。でも、通報は言い争いだったんでしょう?　これって、なんかしっくりこないんですよね」

誰もそんなことを気に留めはしなかった。竜崎も別に変だとは思っていなかった。

「別にそれほど不自然だとは思わないが……」

「ま、みんなそう言うんですよ。でもね、銃で脅かされているとしたら、言い争いになんてならないんじゃないですか?」

「どうだろう。だが、実際に立てこもり事件は起きた」

「それだけじゃないんです。そもそも瀬島は、なんで『磯菊』なんかに立てこもったんです？　せっかくキンパイを逃れたんですよ。高飛びだってできたはずです」

関本課長が言った。

「その点についてはもう話し合ったはずだ。犯人の瀬島は、キンパイが解けたのを知らなかった。だから、まだ駅や幹線道路に警察官がうじゃうじゃいると思っていたんだろう」

「それにしても、あんな商店街の小料理屋に立てこもるというのは妙だと思いませんか？」

関本課長がこたえる。

「人間、追い詰められれば妙なことをやるもんだ」

「それに、料理です」

竜崎は思わず聞き返した。

「料理？」

「そう。いくら犯人に脅かされたからって、人質が料理を始めるってのは納得できませんね。人質に刃物を持たせることになるんです。自分が犯人なら、絶対にそんなことはしませんね」

竜崎は、戸高が指摘した三つの事実について考えていた。ほかの誰も変だとは言い出さなかった。犯人の瀬島がＳＡＴに射殺されたという事実に眼を奪われていたのかもしれない。

だが、関本課長が言うとおり、犯人の瀬島睦利の行動がそれほど不自然なわけでもない。竜崎は戸高に言った。

「それで、君は何がしたいんだね？」

「別に……」

戸高は言った。「これ以上仕事を増やしたくはないですしね……。でもね、すっきりしないことは確かなんです」

たしかに、事件を蒸し返したところで、戸高には何の得もない。彼は、ただちょっとした違和感にこだわっているだけだ。だが、それだけ純粋な疑問だとも言える。

竜崎は、関本課長に言った。

「戸高君は今、何か事案を抱えているのかね？」

「ええ、もちろん。すべての刑事が何かを抱えてます」

「それをやりながら、立てこもり事件について洗い直すことは可能か？」

「正直申し上げて……」

関本課長は言った。「刑事課は手一杯です。終わった仕事にもう一度手をつける余裕などありません」

戸高が言った。

「自分一人ならなんとかなりますよ」

竜崎は戸高を見た。

「今抱えている事案はどうする?」

「今さら一つや二つ事件が増えたって、どうってことはありません」

竜崎はうなずいた。

「もし、やれるのなら、洗い直してくれ」

「署長……」

関本課長が言った。「時間の無駄ですよ。それに、今さら新しい事実がわかったとしても、誰も喜びません。犯人死亡のまま送検。これで一件落着じゃないですか」

戸高は、竜崎と関本課長を交互に見ていた。面白がっているようにも見える。戸高が言った。

「自分はどっちでもいいですよ」

竜崎は戸高に言った。

「やってくれ。何か新たな事実がわかり次第、私に報告してくれ」

関本が不満そうな顔をした。つまり、課長の頭越しに署長に報告しろと命じたことになるからだ。

だが、竜崎は気にしないことにした。報告は直接受けたほうがいい。間に課長が入ることで、必要な情報を伏せられたり、逆に余分なものを付け加えられたりする恐れがある。

課長を信用しないわけではないが、時と場合によっては、組織の枠組みを変えることも必要だ。

「必要が生じたときには、私から必ず課長に知らせる。そういうことでいいな?」

「はあ……」

関本課長は不満げなまま、うなずいた。

17

その日も、すべての書類に判を押し終えたのは、八時過ぎだった。自宅に戻ると、妙に冷え冷えとした雰囲気だった。その理由にすぐに気づいた。

食事の仕度をする匂《にお》いがしない。台所に誰もいないのだ。竜崎は、ダイニングテーブルのところでしばし佇《たたず》んでいた。

邦彦の部屋のドアをノックする。すぐにドアは開いた。

「何……？」

「美紀はどうした？」

「知らない」

「おまえ、食事はどうした？」

「カップ麺《めん》とパンで済ませた」

「おい、受験生は体力だ。栄養にも気をつけろ」

「俺が料理するの？」

たしかにそんな時間があったら、英単語の一つも覚えたほうがいい。

「いや、勉強中だったのか？」

「ああ」

「邪魔して悪かった」

「あのさ、ＤＶＤ観《み》てくれた？」

すっかり忘れていた。

「いや、なかなか時間が取れなくてな……」

「観てくれたら、きっと俺の言いたいことがわかってもらえると思う」

「ああ、わかった。必ず観る」

そんな精神的な余裕はなさそうだった。だが、ここはそう言っておかなければおさまらないだろう。

リビングルームに戻って、美紀に電話してみようと思った。携帯電話を取り出した。電話はつながったが、美紀はやけに騒がしい場所にいるようだった。

「今どこにいるんだ？」

「友達と食事をしながら、就職の情報交換をしているの」

「遅くなりそうなのか？」

「もうじき帰る。夕食の用意、できなくてごめんなさい」

「食事はなんとかする。母さんのところへ行って来たのか?」

「行ったわよ」

「元気だったか?」

「ええ。でも、明日は会社訪問があるからとても面会時間に病院には行けそうにない」

「着替えなんかは届けたんだろう?」

「届けたわ」

「ならいい」

「お母さんも不安なはずだから、お父さん、会いに行ってよ」

「時間が取れたら行く」

「わかった。じゃあね」

電話を切った。

台所に行って冷蔵庫を開けてみた。昨日の残り物すらない。今から外に食事に出かけるのも面倒だ。

家に妻がいないというのが、これほどこたえるとは思わなかった。自宅では、竜崎はほとんど何もできないに等しい。

子供が生まれるときは一人でなんとかやっていた。どうやって暮らしていたのかよく覚えていない。外食で済ませていたのかもしれないし、夕食も職場で取っていたのかもしれない。

若い官僚はとにかく忙しい。自宅で夕食を取る時間などなかったような気もする。地方で若殿研修をしている頃は、接待されることも多かった。

冷蔵庫の中にウインナーソーセージがあったので、それをフライパンで炒《いた》めた。ビールが一缶だけ残っていた。

ウインナーをかじりながらビールを飲んだ。それがその日の夕食だった。

風呂《ふろ》の沸かし方もよくわからない。おそらくボタン一つでお湯張りができるはずだが、ガスを使うというのが不安だった。間違った扱いをして事故でも起こしたらたいへんだ。

シャワーを試したらお湯が出たので、今日はシャワーだけで済ませることにした。

このまま冴子が戻ってこなかったら、俺はいったいどうなってしまうのだろう。ふとそう思うと、猛烈に不安になってきた。仕事をするために、家のことは冴子に任せると言ってきた。

それはとりもなおさず、冴子に頼り切っていることを意味していたのだ。署にいるときはほかに考えることが山ほどあった。自宅に戻ってみると、冴子の病状が気になった。

検査の結果はいつ出るのだろう。まだ、担当医と話もしていなかった。医者と話をすべきだろう。だが、署を抜け出す時間などあるだろうか。

いや、それ以前に、勤務時間中に、署を抜け出して病院に行くことが許されるだろうか。私用でちょっと出かけるくらいのことは、誰でもやっていると、伊丹が言っていた。

本当にそうなのかもしれない。ほかに手がないのなら、そうするしかない。だが、署に出ればまた、やらなければならないことや考えなければならないことが山積みだ。気がついたら、病院の面会時間など終わってしまっているかもしれない。

十時近くに、美紀が帰ってきた。顔が赤い。酒を飲んでいるようだ。未成年ではないので、酒を飲むくらいはどうということはないはずだが、なぜか気に入らなかった。

「あら、テレビもつけないでどうしたの？」

「ニュースは見たくない。ニュース以外の番組は見る気もしない」

「珍しいわね。いつもニュースは必ずチェックしていたのに……」

「それは長官官房にいた頃のことだ」

「明日は早いの。もう寝るわ」

「明日の帰りは遅いのか？」

「わからない。たぶん、夕方には帰れると思うけど……」

「風呂の沸かし方を教えてくれ」

美紀は噴き出した。

「ボタンを押すだけよ」

「だから、どのボタンを押せばいいのか教えてくれ」

美紀が風呂場に向かった。竜崎はそのあとについていった。美紀は脱衣所にあるパネルを指さした。

「このボタンを押せばいいの。あとはお湯張りも追い焚《だ》きも自動よ」

「わかった」

「じゃあね……」

美紀は自分の部屋に行った。

竜崎も寝ることにした。眠れるときはたっぷりと眠りたい。警察の幹部というのは、いつ何時叩《たた》き起こされるかわからないのだ。

竜崎は、ふと気づいた。

たしかに、夜中だろうが明け方だろうが、事件が起きれば連絡が来て出かけて行かなければならない。地方の警察本部にいるときもそうだったし、署長になってからもそうだ。

出かけていく竜崎も辛《つら》いが、必ず妻も起こされることになる。竜崎は、それが自分の職務だという自覚があるから、辛くても耐えられる。だが、冴子はどうだろう。いつ起こされるかわからないという不安定な生活を長年送ってきた。それは耐え難いものだったのかもしれない。

それでも冴子は、一度も文句など言ったことがなかった。美紀が言ったとおり、一人でストレスを溜《た》め込んでいたのかもしれない。

竜崎が何かの処分を受けることになれば、また冴子に心配をかけることになるだろう。それが気がかりだった。

ベッドに入ってから、明日のワイシャツはあるだろうかと気になり、起き出してタンスの引き出しを開けてみた。いつもクリーニング屋のビニール袋に入ったワイシャツがいくつか入っているはずだった。だが、見当たらない。

おそらくクリーニングに出してあり、まだ取りに行っていないのだろう。今日着ていたワイシャツを明日も着なければならない。

引っ越してきてから、冴子がどこのクリーニング屋を使っているか知らなかった。預かり証がどこにあるのかもわからない。

美紀も就職の正念場を迎えており、家事どころではないはずだ。邦彦も受験生で、家事を手伝っている暇などないだろう。

これは、いよいよ病院に出かけて、冴子からあれこれ聞いてこないことにはどうしようもない。竜崎は、ひどく憂鬱《ゆううつ》な気分になった。これまで、どんなトラブルでも乗り越えられないことはないと思ってきた。事実、仕事上のトラブルは乗り越えてきた。だが、妻の入院はまったく別問題だった。竜崎はほとほと困り果てていた。

翌日、午前九時に、警察庁から小田切首席監察官のもとに出頭するようにとの電話が来た。竜崎は、十時にうかがうと返事をした。

嫌な気分だった。昨日は予備的な調査だと言っていた。すぐに翌日に呼び出しが来るということは、何かまた竜崎に不利な材料を見つけたのかもしれない。

約束通り十時に警察庁に着き、昨日と同じく小田切首席監察官が陣取っている小会議室を訪ねた。

小田切の前には、昨日よりずっと多くの書類が置かれており、彼はノートパソコンを起動させていた。

「掛けてください」

小田切に言われて、竜崎は昨日と同じ場所に腰かけた。

「細かな事実関係を確認したかったのです」

小田切は、やはり書類を見ずに言った。「犯人が一度だけ電話に出たということですね。その時刻を覚えていますか？」

覚えていた。

「十一時四十五分頃でした」

小田切はうなずいた。

「その後、すぐに電話が切れたのですね？」

「そうです」

「犯人は何を言ってきましたか？」

「電話をかけてくるなと言いました」

「ＳＩＴはその後も電話をかけ続けたのですね？」

「そうです」

「そして、午前零時三十分頃に発砲があった。その後、四発目の発砲が店内であり、

ＳＡＴの突入が、午前一時十分。間違いありませんね」

「はい」

「その間、伊丹刑事部長とは連絡を取り合っていましたか？」

「前線本部でのやり取りは、すべて指揮本部で傍受していましたので、伊丹刑事部長からは逐一連絡がありました」

「そのときに、伊丹本部長は、ＳＡＴを使うなと指示したのですね」

「たしかにそう言われました」

「あなたは、それを無視したのですね」

また同じ質問だ。

「伊丹刑事部長は、あくまで刑事部主導で事件に対処しようとしていました。警備部のＳＡＴを使うなというのは、あまり意味のない警視庁内部の対立が背景にあるのだと思いました」

「その判断は正しかったと思いますか」

「正しかったと思います」

ちょっとだけ間があった。それから、おもむろに小田切が言った。

「そのとき、あなたは正常な判断ができる心理的な状態にあったと断言できますか？」

　いったい、何のことを言っているのだろう。

「もちろんです」

「午前零時十分頃に、あなたは、ご家族から電話を受けていますね。あなたの家族構成から考えて、娘さんか息子さんからの電話だと思いますが、どうですか？」

　意外な質問だったので、竜崎は、ちょっと面食らった。記憶を整理しなければならなかった。犯人と一度だけ電話が通じてから、最後の発砲までの間のことだ。

　たしかに、美紀から電話があった。

「娘からの電話があったと記憶しています」

「それは、奥さんの入院を知らせる電話でしたね」

　警察病院で記録を調べたな。竜崎は思った。あるいは、入院のことは、伊丹がしゃべったのかもしれない。家族からの電話の件は、あのとき前線本部にいた誰かから聞いたのだろう。

　ここで嘘《うそ》をついたり隠し事をしてもはじまらない。

「そうです。救急車で病院に運ばれまして、そのまま入院しました」

「さぞかし、ご心配だったことでしょうね」

小田切の言いたいことはわかる。

「もちろん心配でした。しかし、前線本部での判断に影響はありませんでした」

「そう言い切れますか？」

「断言できます」

小田切はしばらく竜崎を見つめていた。

彼は疑っているわけではない。もっともらしい理由を探しているだけだ。妻の入院の知らせを受けて、竜崎が動揺していたかなどどうでもいいのだ。動揺すべき理由が見つかれば目的を達成することができる。

つまり、あのとき竜崎は気が動転していて、正常な判断を下せる状態になかったと、ほかの人が納得できればいいのだ。それで竜崎を処分するには充分だ。

日本では、一度起訴されると有罪率は、九十九・九パーセントにも及ぶ。つまり、起訴されたら何をどう弁護しようと有罪にされてしまうということを意味している。

今、竜崎はそのことを実感していた。小田切の調査のやり方は、まず竜崎を処分するという前提から始まっているとしか思えない。

竜崎は、追い詰められていた。

小田切は、竜崎を処分するために、妻の入院の事実まで利用するのだ。

腹は立たなかった。ただただ無力感を覚えた。自分は正しいことをしたという自信がある。だが、大筋で正しくても、部分的な間違いがあれば、それを拡大解釈されて、処分の理由にされてしまう。

おそらく、伊丹にはこのような追及の仕方ではないのだろう。伊丹は処分されない。警視庁の刑事部長を守るためにも、誰か犠牲者が必要なのだ。現場の責任者だった所《しょ》轄《かつ》の署長などはもってこいだ。

「質問は以上です」

小田切は言った。「ご足労かけました」

もう用はないから帰れという意味だ。黙って部屋を出るしかなかった。

署に戻り、署長室へ行く途中に戸高を見かけた。竜崎は声をかけた。

「何か、進展はあったか?」

戸高は驚いた顔で言った。

「昨日の今日ですよ。無茶言わんでください。自分は一介の刑事に過ぎません。調べられることにも限界がありますしね」

「何が知りたい?」

戸高は、急に狡猾《こうかつ》そうな顔になった。

「署長が段取りしてくれるということですか？」

「必要ならやる」

「まず、鑑識の資料がほしいですね。本庁《ホンブ》の鑑識が来ていたので、所轄には詳しい資料が回ってきていません」

「わかった。それだけか？」

「突入したSATの連中に話を聞きたいですね」

「SATに……？　聞いてどうする？」

「結果は報告しますよ。それとも、自分を信用できませんか？」

信用はできない。だが、何かやってくれそうな気がしてきた。

「いいだろう。小隊長の石渡と連絡を取ってみてくれ」

「了解です」

戸高に背を向けて署長室に向かおうとした。戸高が声をかけてきた。

「署長、処分されるんですか？」

竜崎は振り向いた。

「まだ、わからんが、その可能性は高い」

「どこかへ異動になることもあるということですね」

「あり得るな」

「へえ、そいつはつまんねえな」

戸高は、そう言うと歩き去った。

18

　終業時間まで仕事をして、警察病院に出かけることにした。面会時間を調べたら、午後三時から八時までとなっていた。終業時間後でも充分に間に合う。

　もちろん、終業時間までにすべての仕事が終わるわけではない。だが、就業時間内に抜け出すよりいいだろう。

　署長室を出ると、斎藤警務課長が慌《あわ》てた様子で言った。

「お帰りですか？」

「いや、ちょっと病院に行ってくる。一時間ほどで戻る」

　どうせ、先に帰れと言っても帰らないのだ。

「署長車を出しますか？」

「私用で出かけるんだ。署長車を使ったことが、マスコミに知れたらまた何を言われるかわからない」

　署の周囲には、まだカメラを構えたマスコミがたむろしているし、署内の新聞記者を抑えるために貝沼が苦労をしている。

もし、これがアメリカの大統領や閣僚、州知事などだったら、私用だろうが公用だろうが出かけるときは、公用車を使うだろう。

警備上の理由からだ。公用車というのは、使う人間の身を守るためにあるのだ。つまり、暗殺されたり誘拐されたりしたら困る人間を乗せるためのものなのだ。

だが、日本ではまだ贅沢品《ぜいたくひん》と思われている節がある。危機管理の感覚の違いなのだろうが、野党や左翼系の市民団体などは、公務員や議員が私用に公用車を使うこと自体を問題視する。

マスコミを振り切るために、タクシーを使わなければならなかった。電車など使ったら、いっしょに乗り込んで張り付いてくるマスコミ関係者が必ずいる。

竜崎は、疲れ果て、無力感に苛《さいな》まれていた。小田切には何をしても勝てる気がしない。優秀な警察官僚というのは、敵に回したときにはやっかいだ。

ずいぶんと日が短くなってきた。まだまだ日中は残暑が厳しいが、日が沈むと涼しい風が吹くようになっていた。

「あら、どうしたんですか？」

病室に行くと、冴子が心底びっくりしたように言った。

「どうしたということはないだろう。見舞いだ」

「見舞いなら、果物くらい持ってくるもんですよ」

「すまんな。署から急いで来たものだから……」

「冗談ですよ」

冴子は個室に入っていたので、周囲に気をつかわずに話をすることができた。

「検査の結果は出たのか？」

「まだです。順番待ちですよ。総合病院というのは、何でも時間がかかるんです」

「そうか……。担当の医者に話を聞こうと思っていたんだが……」

「この時間は、当直の先生だけですよ。担当の先生はもう帰ったと思いますよ」

「そういうことの段取りはよくわからなくてな……」

「疲れているみたいですね？」

「いや、そうでもない。立てこもり事件も解決したしな」

「犯人を射殺したことを、世間からずいぶん叩《たた》かれているみたいじゃないですか」

「俺は関係ない」

嘘《うそ》をつくしかなかった。ここで、冴子の心労を募らせるようなことを言うわけにはいかない。

「ならいいんですが……」

「クリーニング済みのワイシャツがなくて困っているんだがな……」

「あら、美紀に取ってくるように言ってあるんですけど……」

「昨日は、美紀の帰りが遅かった」

「じゃあ、クリーニング屋が閉まっていたんでしょう。今日は寄ってくれるんじゃないですか」

「どうだろう。就職活動で忙しいみたいだからな……」

「電話しておきます」

「いや、いい。クリーニング屋の場所を教えてくれ。俺が寄ってくる」

「預かり証を美紀が持ってるんですよ」

「事情を言って名前を言えば出してくれるだろう」

「いいえ、美紀にやらせます。そんなことに気をつかわないでください」

「俺にできることがあればやる」

「家のことはいいんです」

「そうは言っても、何もできないんじゃ、あまりに情けない」

冴子は何も言わなかった。

「また来てみる。何か必要なことはないか？」

「だいじょうぶです」

「じゃあ、署に戻る」

竜崎は、ドア口に向かった。

「お父さん」

立ち止まって振り返った。

「なんだ？」

「異動が決まったら、早めに教えてくださいね」

こいつにはかなわない。

竜崎は、無言でうなずいて病室を出た。


署で仕事を済ませて、九時過ぎに自宅に戻った。テーブルの上に冷えたピザがあった。ピザ屋の段ボールのケースに入ったままだ。

その脇《わき》に、紙のヒモで束ねた、薄いビニール袋に入ったワイシャツが置いてあった。クリーニング屋から取ってきたらしい。

ピザの箱には、「電子レンジで温めてください」というメモがついていた。美紀の字のようだ。家にはいないらしい。

邦彦が部屋から顔を出した。

「おかえり」

「美紀はいないのか？」

「夕方に一度戻って、また出かけた」

「そうか」

邦彦は何か言いたそうにしている。おそらく、ＤＶＤのことだろう。竜崎は言った。

「今夜、ＤＶＤを観《み》てみる」

邦彦は照れくさそうにうなずいて部屋のドアを閉めた。

冷蔵庫を開けたが、ビールは残っていなかった。昨日最後の一缶を飲んだ。妻が入院しているのだから、誰も補充はしてくれない。

我慢をするか買いに行くか迷った。結局、着替える前に買いに行くことにした。最近はコンビニでもビールくらいは買えるし、コンビニはどこにでもある。わざわざ酒屋を探す必要もない。

缶ビールの六本パックを買って自宅に戻ると、電子レンジでピザを温めた。ピザをかじり、ビールで流し込む。

別に不満はなかった。ピザも久しぶりに食べてみると悪くない。竜崎は、食べ物に興味はない。ただ、あるものを食べるだけだ。

食事をしながら夕刊を読んだ。まだ新聞はSATが立てこもり犯を射殺した件を報じている。左寄りの大新聞などは、ここぞとばかりに人権派の識者を総動員して警察のやり方を非難していた。

こんなものにいちいち腹を立ててはいられない。この新聞は、今は人権人権と騒いでいるが、日中戦争・太平洋戦争当時は、大本営発表を何の疑いもなく掲載し、国民を戦争に駆り立てていたのだ。

戦後、一変して民主主義だの表現の自由だのと言いはじめたが、今ではテレビ局を傘下《さんか》におさめ、とにかく競争に勝てればいいのだ。

新聞というのは、購読料だけでなく広告収入で成り立っているので、広告主には何も言えない。テレビ局もスポンサーには逆らえない。それで、何が表現の自由だと竜崎は思う。

もし、今政変が起こり、再び中国やロシアのような非民主国になったら、人権だの表現の自由だのと言っている大新聞は、たちまち政府の御用新聞になるだろう。それは眼に見えている。竜崎はマスコミをまったく信用していなかった。

だが、国民は新聞やテレビにころりと騙《だま》される。だから、警察としてはマスコミを無視できないのだ。

今、マスコミの警察に対する攻撃に、小田切首席監察官が一人で対処しようとしているのだろう。誰かをスケープゴートにしたくなる気持ちもわかる。そうしないと、ヒステリックな人権派識者やマスコミを抑えることができないのだ。

それなら、俺が犠牲になればいい。

竜崎は、思った。

それで済むのなら、好きにすればいい。もう、どうでもいい。誰を怨《うら》んでも仕方がない。伊丹だって、刑事部長として釈明をする必要があったのだ。

野間崎管理官のやり方には腹が立ったが、もともとは竜崎が怨みを買うようなことをしたからだ。身から出た錆《さび》なのだ。

マスコミも人権派も国民も、警察の幹部でさえも現場で何が起きているかわかっていない。拳銃《けんじゆう》を持った犯人がおり、いつ弾が飛んでくるかわからない。その恐怖は現場にいなければわからない。

そんな状況の中で、ＳＩＴは人質の安全を確保しようと最大限の努力をし、ＳＡＴは、危険をかえりみず、突入していったのだ。

それが理解されないということが、悔しかった。たしかに警察官僚や幹部というのは、現場の状況に流されてはいけない。冷静に判断を下すことが役割だ。だが、現場を知らない机上の空論をもとに指示を出されたのでは、現場はたまったものではない。

相変わらず、無力感に苛《さいな》まれていた。もう、どうすることもできない。首席監察官の方針は決まっているように見える。冷静に考えて、最小限の犠牲で警察組織を守ろうと考えたのだろう。その判断は正しいと竜崎も思う。だからこそ、何もできないのだ。抵抗することすらむなしい。

風呂《ふろ》に入る気力もわかなかった。

ソファに腰かけると、テーブルに邦彦のアニメのＤＶＤがあった。ぼんやりとそのパッケージを眺めていた。

いつまた事件が起きるかわからない。こういう時間のあるときに観ておくべきだ。だが、なかなか観る気が起きない。

冷蔵庫からビールを持ってきた。酒を飲むための環境ビデオとでも思えばいい。どうせつまらないのだろうから、冒頭だけ観て、あとは早送りしてしまおう。

竜崎はそんなことを思いながら、ＤＶＤをプレーヤーにセットして、ソファに腰を下ろした。缶ビールを片手に、映像を眺める。

アニメなどどうせ子供だましなのだ。高校を卒業した邦彦がどうしてそんなものに夢中になれるのか不思議でならなかった。

美しい音楽が流れてきて、おや、と思った。勇ましくも滑稽《こっけい》なテーマソングでも流れるかと思っていたのだ。

冒頭シーンで、たちまち眼が離せなくなった。

なんだこれは……。

中世ヨーロッパのようでもある。しかし、深い森の中には見たこともないような巨大な虫が飛び交っている。

その不思議な世界観に戸惑った。

物語が進むうちに、その世界では過去に大きな戦争があったことがわかってくる。そして、壊滅的な環境破壊。人が住めなくなった土地には、猛毒のガスを発散する森ができる。そこは、巨大な虫たちの世界だ。

風が吹き抜ける谷があり、奇跡的に猛毒の大気の影響を受けずにいる。そこに小さな村があり、村自体が一つの国のようだ。そこの国王の娘が主人公だった。

その娘は、猛毒を大気に吐き出す森の正体に気づいていた。森は、汚染された大地から毒を吸い上げ、発散し、大地を蘇《よみがえ》らせようとしていたのだ。

森の守護神として、巨大な昆虫の大群が象徴的に登場する。

大国同士の戦争に巻き込まれた谷の村。戦略によって暴走する象徴的な巨大昆虫の群れ。

少女は戦う。

それは、父親である国王を殺された憎しみのためではない。

大国の思惑に抵抗するためでもない。

戦争に勝つためでもない。

巨大昆虫に象徴される大地の怒りを鎮《しず》めるために戦う。

彼女には知恵があり勇気があり信念がある。だが、最大の武器はやさしさだ。

彼女は、やさしさで不可能な戦いに勝利するのだ。

二時間後、竜崎は茫然《ぼうぜん》と画面を見つめている自分に気づいた。

心底驚いていた。

このアニメは、竜崎が知っていた海外のアニメーションとはまったく異質のものだった。まず、表現力に驚いた。全編を通じて流れる音楽の美しさにも心が打たれた。

そして、何より、映像の力に打ちのめされた思いだった。

不覚にも感動してしまった。それも並の感動ではない。勇気をもらったような気がした。戦うために大義はいらない。ほんの小さなものでもいい。何か信じるものがあれば、そのために戦うのだ。守りたい何者かがいるなら、そのために戦えばいいのだ。

心の中で、すとんと何かが落ちたような気がした。

俺は何を弱気になっていたんだ。

竜崎は、自分が置かれている立場を考えてみた。ここで、俺が小田切に屈したら、家族がまた辛《つら》い思いをする。そう思った。竜崎が間違ったことをして処分されるのなら仕方がない。しかし、そうではないのだ。

そして、竜崎が処分を受け容《い》れるということは、現場で戦ったSITやSATの連中の落ち度をも認めたことになるのだ。

たしかにあのとき、SATの小隊長は功を急いでいたのかもしれない。だが、それくらい強気でいてくれなければ、テロに対抗することなどできない。

現場では、誰もが最大限の努力をした。それは間違いないのだ。

血が熱くなってきた。

我ながら単純だと思った。だが、何かが変わるときというのはこんなものだ。きっかけがあればいいのだ。

竜崎は、DVDをパッケージに収めると、邦彦の部屋に行った。

「何……？」

部屋をノックすると邦彦が顔を出した。

「これ、観たぞ」

「……で、どうだった?」

「すごいじゃないか。父さんは、アニメへの認識を新たにした」

邦彦が、嬉《うれ》しそうな顔をした。

「そう言ってくれると思ったよ。ほかのも観てみる?」

「ああ、時間を見つけて観てみよう」

邦彦は、部屋の中に引っ込むと、別のＤＶＤを持って戻ってきた。

「これ、有名な『マトリックス』の原型ともいうべきアニメなんだ」

「『マトリックス』ってハリウッド映画だろう? それは海外のアニメなのか?」

「そうじゃない。日本のアニメだよ。でも、このアニメには世界中にファンがいて、ハリウッドのクリエーターも影響を受けているんだ」

「どんな話だ?」

「サイボーグの捜査員が活躍するんだけど、ネット世界と首のところのコネクタで直接コンタクトしたり、とにかく、映像とアイディアが斬新《ざんしん》だったんだ」

「捜査員の話と聞くと、黙ってはいられないな」

「俺がアニメの仕事をしたいと言ったこと、わかってくれた?」

「すばらしいアニメがあることはわかった。だが、それと仕事でどう関わるかは別問題だ。とにかくよく考えることだ」

邦彦は、うなずいた。

「わかった。よく考えてみる。でも、たぶん、気持ちは変わらない」

「おまえが出した結論なら、父さんは何も言わない」

「とにかく、まずは東大に入れるように努力するよ」

「そうだな」

竜崎はリビングルームに戻った。

ソファに座って、事件が起きてからのことをじっくり考えていた。

それまでほとんど気にしていなかった戸高の言うことが、急に気になりだした。実を言うと、戸高が調べ直したからといって、今さら何が変わるものでもないと思っていたのだ。

そういえば、SITの下平係長が言ったこともひっかかる。

通常、立てこもり犯というのは電話に出るものだと言っていた。今回は特別なケースだった。それも何かの意味があるのかもしれない。

マスコミや人権派が問題視しているのは、SATが実弾を持っていない犯人を射殺したという点だ。そのこと自体は、間違いではなかったと、竜崎は今でも信じているが、問題は、人々に与えた印象が悪いということなのだ。

マスコミや人権派も納得するような何かの材料が出てくれば、おそらく小田切首席監察官の方針も変わる。

SATが突入したときに、『磯菊』の中で何が起きたか。実は、何にもわかっていなかった。SATが犯人を射殺したという印象があまりに強かったからだ。

『磯菊』の中で、実際には何が起きたのか。それを知らないというのは、前線本部長の責任を果たしたことにならない。

調べた結果、何も変わらないかもしれない。だが、知らないまま処分を受けるのと、ちゃんと理解した上で処分されるのとではまったく違う。

やるだけやってみよう。竜崎はそう心に決めた。

19

翌日は土曜日だったが、いつもと同じく八時十五分頃には署にやってきた。日勤の署員は休みだが、地域課や交通課といった交替制の署員はいつもどおり出勤しているので、署内は普段とあまり変わらない。

刑事課も日勤だから、当番以外は休んでいるかもしれないと思った。

あまり期待せずに刑事課に行ってみた。驚いたことに、戸高が机に向かって何か読んでいる。

「休日出勤か?」

声をかけると、戸高が顔を上げた。

「署長……」

ここで起立する署員は多い。しかし、戸高はそうではなかった。

「刑事に休日なんてありませんよ」

日勤も交替制も警察官の一週間の勤務時間は四十時間と決められている。だが、たしかに事件が起きると、刑事に勤務時間のことをあれこれ言っても仕方がないだろう。

「例の件だが、何か進展はあったか?」

「今、署長が手配してくれた鑑識の書類を読んでいるんですがね。さすがにいい仕事してますね」

この男でも他人のことをほめることがあるとは意外だった。

「いい仕事というのは、具体的には……?」

「現場に落ちていた薬莢《やっきょう》を全部拾ってますね。合計で、十個。犯人が四発撃ったことになっていますから、SATは六発撃ったんですね。そして、銃弾もすべてほじくり出しています。天井から一発発見されているのは、SATがちゃんと威嚇《いかく》射撃をしたということでしょうね」

「薬莢と弾丸の数は合っているのか?」

「合っています。すべての弾丸を見つけるのはたいへんな仕事だったと思いますよ」

おそらく、戸高の言うとおりだろう。犯人は三発、屋外に向けて撃っている。屋内だけなら、弾痕《だんこん》を見つける作業もそれほどたいへんではないだろうが、屋外となるとなかなかやっかいだったはずだ。

犯人が撃った弾をいち早く九ミリだと特定したのも鑑識の仕事だ。その時点で、少なくとも屋外に放たれた弾丸を、一発は発見していたということだ。

「でもね」

戸高が言った。「弾道検査をしていない」

「その必要がないと判断されたんだろう。なにせ、状況から犯人がＳＡＴに射殺されたことは明らかだ」

「その状況ってのが曲者《くせもの》でしてね……」

戸高はこちらの捜査に対する経験のなさを嘲笑《あざわら》うかのように言った。「往々にして思い込みということもある」

「まさか……。犯人の瀬島はベレッタの自動拳銃《けんじゅう》を持っていた。そして、ＳＡＴはサブマシンガンだ。犯人の体内に残っていた弾丸を見れば明らかじゃないか」

「署長、勘違いされてますね」

「何をだ……？」

「瀬島が持っていたベレッタの自動拳銃と、ＳＡＴが持っていたＭＰ５というサブマシンガンは、同じ実弾を使うんですよ」

意外な言葉だった。たしかに、竜崎は銃には詳しくない。回転式拳銃と自動拳銃は別の実包を使うことは知っている。口径によって実弾の種類が違うことも知っている。だから、当然拳銃とサブマシンガンは別の実弾を使用するものと思っていた。

一本当か？」

「そうですよ。両方とも九ミリ・パラベラム弾というのを使います。もともとサブマシンガンというのは、拳銃弾を使うことが大きなメリットなんです。持ち歩く実包が一種類で済みますからね。汎用性《はんようせい》が高まるというわけです」

今、さぞかし俺は間抜けな顔をしているだろう。竜崎はそう思った。

戸高が言った。

「だから、弾道検査をして、銃弾の線条痕を調べない限り、その弾がどの銃から撃たれたか特定はできないんです。弾道検査にはもう一つの意味があります。瀬島が撃たれたとき、弾がどの方向から、どういう角度で飛んできたかを特定するのです。そうすることで、誰に撃たれたかが、いっそうはっきりするでしょう」

「しかし……。SAT以外に誰が撃つというんだ。瀬島が自分で自分を撃ったとでも言うのか？」

「その可能性もないわけじゃないでしょう。SITがいくら電話をかけても出ようとしなかった。つまり、もう死ぬ覚悟をしていたということも考えられますが……」

戸高の言い方は、さらに別な可能性を示唆《しさ》しているように聞こえた。戸高が、幾葉かの写真を取り出した。

「これ、見てください。薬莢が落ちていた場所に印がついているでしょう」

「ああ」

「三個は窓のそば……。これは、屋外に向けて撃ったときのものでしょう。そして、こっちは出入り口付近。ＳＡＴのＭＰ５から飛び出した薬莢ですね。問題は、こいつです。一つだけ離れた場所に落ちている。いいですか？　ここに瀬島が倒れています。そして、こっち側に人質がいました。この薬莢は、一個だけ、瀬島と人質の間に落ちているんです」

　戸高が指摘した薬莢というのは、おそらく犯人が撃った四発目。つまり、屋内に向けて発射されたときのものだろう。だから、ほかの三発の薬莢とは別の場所にあるのだ。

「自動拳銃やサブマシンガンの薬莢というのは、撃ったときに勢いよく飛び出すんだろう。何かに跳ね返ってそこに落ちたのかもしれない」

「そういう可能性はあります。薬莢はたしかに勢いよく飛びだし、何かに跳ね返ってとんでもない場所に落ちることもある。でも、こいつは、どうも気になるんですよ」

　竜崎は、戸高の言葉を真剣に考えていた。

「君は、そもそも三つの点が気になったと言ったな？」

「ええ」

「まず第一点は、犯人と人質が言い争いをしたらしいという点、二点目は、犯人がもっと遠くに逃げられたにもかかわらず『磯菊』に立てこもったこと。そして第三点は、人質が料理をしたこと」

「そうです」

「その三つの事実から、何がわかるんだ?」

戸高は、小さく肩をすくめた。

「別に……。何にも明らかにはなりませんよ。ただ、気になるんです。刑事ってのはね、人間関係を見るんですよ。自分らが担当している強行犯の犯罪は人が人に対して起こすものです。だから、人と人の関係が気になる」

「読みがあるはずだ。どういう読みだ?」

「捜査に予断は禁物って言葉、知ってますか?」

戸高は、嘲笑《ちょうしょう》のように見える笑みを浮かべた。だが、竜崎はこの笑いが気にならなくなってきていた。もしかしたら、これは戸高の自信のあらわれなのかもしれないと思いはじめたのだ。

「いいから、言ってみてくれ」

「確証は何もありませんがね……。瀬島と人質の源田夫婦は顔見知りだったんじゃないかと……」

竜崎は、その言葉を検討した。たしかに、戸高の指摘した三点を見ると、瀬島と源田夫婦のどちらか、あるいは両方が顔見知りだった可能性はある。

「そうなると、立てこもり事件そのものの性格が変わってくる」

竜崎が言うと、戸高はうなずいた。

「そういうことになりますね」

「そうすると、君が言った薬莢の位置が大きな意味を持ってくるかもしれない」

「へえ、わかりますか?」

「私もばかじゃないんだ」

「誰もそんなことは言ってませんよ。課長に話そうとしましたが、解決した事件を蒸し返そうとはしませんでした。上の人ってのはもっと頭が固いのかと思いましてね」

もしかしたら、戸高は優秀な刑事なのかもしれない。優秀であるが故《ゆえ》に苦労することもある。つまり、上の命令で目をつぶらなければならないことがあったのかもしれない。それも、少なからず……。

そんなことが続けば、世間に対して斜に構えたくもなるだろう。

「SATに話を聞きたいと言っていたな？　もう、話はしたのか？」

「いえ、まだです」

「私もいっしょに行っていいか？」

戸高がびっくりした顔を向けた。

「署長が捜査をするというんですか？」

「私も警察官だ。もし、やりにくくなければ、同行したい」

「やりにくいですね」

戸高は言って、にやりと笑った。「でも、面白そうだ」

食えない男だ。

「その前にやりたいことがある。用が済んだら声をかける」

戸高はうなずいた。

「SATの石渡に連絡を取っておきます」

竜崎は署長室に行き、伊丹の携帯電話にかけた。

「何だ？」

伊丹はすぐに出た。

「今、自宅か？」

「ああ」

「頼みたいことがある」

「おまえが俺に頼み事か?」

「おまえにとっても必要なことだと思う。立てこもり犯の体内から出てきた銃弾の弾道検査をやってほしい」

「おい、今ごろになって、どうして……」

「うちの捜査員が鑑識の報告を見て、その必要を感じたんだ」

「おい、事件は終わったんだぞ」

「誰が銃を撃ったのかを特定しない限り、事件は終わらない」

「いったい何を言ってるんだ。SATが撃ったんだろう。首席監察官に締め上げられて、たいへんなのはわかるが……」

「そういうことじゃない。新たな事実が出てくる可能性がある」

「すでに犯人死亡のまま送検したんだろう。今さら何をしようというんだ」

「事実を知る必要がある。俺は現場の責任者だった。そして、おまえは指揮本部全体の責任者だ。これを見過ごしにしたら、とんでもない責任を負わされることになるぞ」

「いったい、何を言ってるんだ」

竜崎は、戸高が指摘した三つの点を説明した。話し終わってもしばらく無言の間があった。伊丹は考えているのだろう。

「……それで、犯人と人質が顔見知りだったら、どういうことになるんだ？　知り合いの家に行って人質にした。それだけのことだろう」

「薬莢が一個、不自然な位置に落ちていた」

「薬莢……？」

「そう。鑑識は落ちていたすべての薬莢の位置を記録していた。たいていの薬莢の位置は状況から説明がつく。だが、一個だけ、人質と犯人の間に落ちていた薬莢があった」

「それが何を意味しているというんだ？」

「わからない。わからないから弾道検査が必要なんだ」

「事件を蒸し返そうというのか？」

「必要なら一からやり直す」

「ばかを言うな。そんなのは無意味だ」

「無意味じゃない。わからないのか？　おまえは刑事部長だろう。捜査感覚を疑うぞ」

「何をわかれというんだ」

「犯人を撃ったのはＳＡＴじゃない可能性がある。自分で撃ったのかもしれないし、あるいは……」

「あるいは、何だ？」

「俺たちが人質だったと思っていた二人のどちらかが撃ったのかもしれない」

「おい、そんなばかな……」

「犯人と人質が顔見知りだったとしたら、おおいにあり得ることだ。たしかに状況を見れば考えにくいが、はっきりしたことは弾道学的な鑑定をやらない限りわからない。犯人が所持していた拳銃《けんじゅう》とＳＡＴが使用していたサブマシンガンは同じ実弾を使用するんだ」

「たしかにそうだが……」

伊丹の口調が弱まった。

「いいか、小田切首席監察官がなぜ強硬に査察を進めようとしているかわかるだろう。ＳＡＴが実弾を持っていない犯人を撃ち殺したことを、マスコミが非難しているからだ。だが、瀬島を撃ったのがＳＡＴでないということになれば、首席監察官がおまえや俺を締め上げる理由はなくなる」

また、しばらく無言の間があった。

「勝算はあるのか？」

「やってみなければわからん」

「わかった。週明けにでもやらせよう」

「早いほうがいい。すぐに手配してくれ」

「それだけか？」

「あのとき現場を指揮したＳＩＴの係長に話を聞きたい。下平といった」

「おまえの携帯に連絡させる」

電話が切れた。伊丹はようやく動き出した。首席監察官の話を持ち出したのが、功を奏したのかもしれない。動き出せば、やることはやる男だ。その点は信用していた。

五分後に、携帯の電話が鳴った。

「竜崎だ」

「特殊犯捜査第二係の下平です。伊丹部長から電話をするように言われたのですが……」

「ああ、わざわざすまない。今、立てこもり事件のことを洗い直している。気になることがあるので、話を聞きたいのだが……」

「わかりました。いつでもけっこうです」

「今からでもかまわないか？　警視庁に出向くが……」

「ご足労には及びません。こちらからお訪ねします。署のほうでよろしいですか？」

「そうしてくれるとありがたい。では、署長室で待っている」

携帯電話が切れると、内線で戸高に電話した。

「ＳＡＴの石渡とは連絡が取れたか？」

「今日は訓練日で、夕方以降なら時間が取れるということです。やれやれ、土曜日に訓練ですか。ＳＡＴには入りたくないですね」

「入りたくても入れてくれないだろう」

「そりゃまあ、そうですね」

「ＳＩＴの下平がこっちに来る。いっしょに話を聞くか？」

「ええ。自分からも聞きたいことがあります」

電話から約三十分後に下平がやってきた。

「うちの捜査員がいっしょに話を聞きたいと言っているのだが、かまわないか？」

「もちろん、かまいません」

内線で呼ぶと、戸高はすぐにやってきた。

二人の紹介が終わると、会議用の椅子《いす》に座らせて、竜崎は下平に言った。

「君は、今回の立てこもり犯が普通ではないというようなことを何度か言っていたな？」

「はい」

下平ははっきりとした口調でこたえた。「そう感じました」

「通常なら、立てこもり犯は必ず電話に応じる。だが、今回はそうではなかった」

「はい」

「一度電話に出たが、すぐに切られてしまった。それから二度と受話器を取ろうとしなかった。これは珍しいことなんだね？」

「はい。異例といえます。立てこもり犯は、最初は捜査員が電話をすることに腹を立てますが、そのうちに電話に出ることで安心するようになります」

「例えば、犯人が自殺を覚悟しているような場合、今回のようなこともあり得るのじゃないか？」

「それは逆です。死ぬしかないと考える犯人は自分の死を誰かのせいにしたがるものです。そのために、死ぬ前にメッセージを残したいと考えるのです」

「なるほど……」

下平が言ったことを検討していると、戸高が言った。

「質問していいかい？」

下平のほうが階級が上のはずだが、戸高はそんなことは気にしないような言葉遣いだった。下平も気にした様子はない。

「どうぞ」

「犯人が一度だけ電話に出たといったが、それが本当に瀬島かどうか確認は取れているのか？」

下平の表情が曇った。

「いや。確認は取れていない。だが、会話の内容からして、相手は犯人以外に考えられないと誰もが思ったんだ」

「会話の内容というのは？」

「うるせえ、電話をかけてくるな。その一言で電話を切った」

「その後は一切電話に出なかったということか？」

「そうだ」

下平は、竜崎のほうを見た。「実は、私もその声が本当に犯人のものかどうか、確認する必要性を感じておりました」

「それを誰かに言ったか？」

「いいえ。言う機会がありませんでした」

「なぜだ？」

「SATが突入した時点で、私たちの役割は終わりましたから……」

「その点については、申し訳なく思っている」

「いえ、そうおっしゃる必要はありません。四発目の銃声が聞こえて事態は逼迫《ひっぱく》していました。SATの突入はやむを得ない措置だったと思います」

「もし、電話に出たのが犯人でなかったとしたら、どんなことが考えられる？」

「四発目の銃声が気になります」

「どういう点が？」

「三発は屋外に向けて発射されました。明らかに、威嚇《いかく》的な行為です。しかし、四発目は屋内で発射されました。つまり、威嚇とは別の目的で使用された可能性があります」

「つまり……？」

「これ以上は、憶測になるので発言を控えさせていただきます」

「別に記録されるわけじゃないんだ」

「特殊犯係というのは、記者クラブの記者にすら面が割れないように注意を払います。発言にも充分注意するように訓練されます。一言が命取りになることもあるのです」

「わかった。それでは、こちらで考えていたことを話そう。戸高君、君から説明しろ」

戸高は、ちょっと面倒くさそうな顔をしたが、結局、彼がひっかかると言った三つの点と、薬莢《やっきょう》の位置について説明した。

下平はうなずいただけで何も言わなかった。慎重な男だ。だが、彼は否定しなかった。彼も同じことを考えていたということだ。

竜崎は尋ねた。

「そのときの通話は録音されていたんだな?」

「はい。同録を回していましたから録音されています」

「その音源はまだ残っているはずだな」

「残っていると思います」

「ちょっと失礼する」

竜崎は、携帯電話を取り出して伊丹にかけた。

「伊丹だ」

「たびたびすまんな」

「どうした」

「検査の追加だ。ＳＩＴがかけた電話に、犯人が一度だけ出た」

「無線で聞いていた」

「その録音された音源を分析してほしい」

「分析してどうする」

「あのとき、電話に出たのが誰なのか、確認を取りたいんだ」

「どうやって確認を取るんだ？　犯人はもう死んでるんだ」

「じゃあ、生きている人間の声と比較すればいい。つまり、人質だった人物だ。ただし、本人には、確認作業のことは知られたくない」

「どうすればいいんだ？」

「電話をかけて声を録音して、比較すればいい」

「本人の同意なしにそんなことが許されるはずがない。どうしてもやれというのなら、令状が必要だ」

「なら、令状を取れ」

「おい、本当にそこまでする必要があるのか？　これだけ引っかき回して、何もなかったじゃ済まないぞ」

「確認が必要なのは、おまえにもわかるだろう」

かすかに舌打ちする音が聞こえる。

「わかった。だが、令状を取るには少し時間がかかるかもしれないぞ」

「急いでくれ」

電話を切った。

戸高が竜崎に尋ねた。

「誰と話してたんです？」

「知りたいか？」

戸高は、一瞬考えてから言った。

「いや、知らないほうがよさそうだ」

「もう一つ、確認したいことがある」

竜崎は下平に言った。「東日のスクープの件だ。タイミングを考えると、誰かが現場で記者に情報を洩《も》らした可能性が高い。私は、漏洩《ろうえい》のルートを明らかにしたい。当初、私はここにいる戸高君を疑っていた。彼が現場で東日の記者と立ち話をしていたところを見たという捜査員がいたからだ。だが、その疑いはほぼ晴れた」

「ほぼ、ですか？」

戸高が皮肉混じりに言った。竜崎はかまわず続けた。

「現場では、SITとSATが主導権争いをする形となった。結果的にSATの突入という形になったわけだ」

「おっしゃりたいことはわかります。情報が漏洩したことで、SATが非難されることになりました。私かSITの誰かが情報を洩らしたかもしれないとお考えなのですね」

「あくまでも可能性の問題だ。私は、確認したいだけだ」

「SITは、絶対に情報を洩らしません。記者とのコンタクトも極力避けています」

その言葉に嘘《うそ》はないと、竜崎は判断した。SITが、普段どういう訓練を受け、どういう態度で勤務に臨んでいるかが、下平の発言と態度でよく理解できた。

SITは、隠密行動を取る必要もあるので、常に記者から距離を置くのだ。

竜崎はうなずいた。

「よくわかった。休日に呼び出してすまなかった」

「一言、申し上げてよろしいですか」

「何だ？」

「署長は、現場で我々に指揮を任せてくださいました」

「君たちは、専門的な訓練を受けているプロフェッショナルだ。プロに任せるのは当然のことだろう」

「信頼してくださったことに感謝します。署長のような方がいらしてくだされば、日本の警察も少しは変わるかもしれません」

下平は、規程どおりの礼をして退出した。戸高が言った。

「なんだか、スクエアなやつですね」

竜崎は言った。

「君も少し、見習ったほうがいい」

20

夕方の六時に、訓練を終えたSATの石渡が大森署にやってきた。制服を着ていない石渡は、ずいぶん若々しく見えた。白いポロシャツにジーンズという恰好《かっこう》だ。胸板が厚く、二の腕がおそろしく太い。

品川分駐所に会いに行こうと考えていたのだが、向こうからこちらを訪ねると言ってきたのだ。

「お疲れのところ、申し訳ない」

下平のときと同様に、署長室内にある会議用の椅子《いす》に座らせると、竜崎はさっそく用件を切り出した。

「先日の立てこもり事件の件で、うちの捜査員が訊《き》きたいことがあるというんだ。こたえてもらえるかね?」

「隊の機密に抵触する事柄でなければ……」

短く刈った髪とよく光る大きな目が、精悍《せいかん》な印象を強めている。

竜崎は、戸高に話をうながした。戸高が話しはじめた。

「あんたたちが突入したときに、屋内で何が起きたのか、自分らにはまったくわからない。そのときのことを教えてもらいたいんだが……」

石渡は、竜崎のほうを見た。なぜそんな質問をするのかと言いたげな表情だ。竜崎は言った。

「実は、犯人と人質の関係にある疑いが生じている」

「ある疑い……？」

「顔見知りではなかったかという疑いだ」

「根拠は？」

竜崎は、また戸高が指摘した三点と薬莢《やっきょう》の位置について説明しなければならなかった。

説明を聞き終わると、石渡は即座に言った。

「了解しました。建物の内部での状況ということですが、具体的には何をお知りになりたいのですか？」

竜崎は、戸高に質問させることにした。戸高が言った。

「突入してから瀬島の死亡を確認するまでの、すべての出来事だ」

石渡は、あくまでも竜崎のほうを向いて話した。

「自分の突入の合図で、二分隊十名が突入しました。先頭の分隊長が、天井に向けて威嚇《いかく》射撃をし、その後に、各分隊員が、合計五発を撃ちました。これは、前進する隊員の援護射撃が目的でした。その後、先行した分隊長が、人が倒れており、そばに拳《けん》銃《じゅう》が落ちているのを視認。撃ち方止《や》めを命じました。分隊長および隊員一名が、倒れている人物に近づき、マル対と確認。人質の安全を確保し、制圧を無線で知らせました」

この報告を聞く限り、問題はなさそうに思える。おそらく、報告を聞いた誰もがそう思ったのだろう。だから、特に取り沙汰《ざた》されることはなかったのだ。

戸高が言った。

「人が倒れていて、そばに拳銃が落ちているのを視認したと言ったな？」

石渡は、戸高のほうを見てうなずいた。

「そう」

「遺体は拳銃を握っていたのではないんだな？」

「右手の近くに落ちていた」

竜崎にも戸高の言いたいことはわかった。石渡に尋ねた。

「銃撃戦で射殺された人間は、銃を取り落とすものなのか？」

石渡は怪訝《けげん》そうな顔をした。

「そういうデータは記憶にありません」

竜崎は、戸高に尋ねてみた。

「どうなんだ?」

「自分も銃撃戦のことは知りませんけどね、何かを握って死んだ人間は、たいてい握ったままなんですよ。ま、そうでないケースもあるんで、一概には言えませんがね……。ただですね、この場合、問題は遺体が銃を持っていなかったということにあるんじゃないですか?」

竜崎は、石渡に尋ねた。

「SATが犯人を撃ったということになっているのだが、隊員が撃ったところを誰か見ていたのか?」

「隊員の側は誰も見ておりません。見ていたとしたら、人質の方々ということになります」

「人質の証言は取ったのだっけな……」

戸高は言った。

「もちろんですよ。それが決め手になっていますからね。つまり、犯人が警官に撃たれたと言ったのは、人質の源田清一だったんです」

「いまや、その証言が怪しくなってきたということだな」

「瀬島は、四発目の銃声のときに殺された可能性もありますね」

竜崎は、ふと石渡が妙な表情をしているのに気づいた。うろたえているような顔つきだ。竜崎は尋ねた。

「どうした？　何か気がかりなことでもあるのか？」

「自分はうちの隊員が犯人を射殺したものと思い込んでおりました。それ以外の可能性はまったく考えておりませんでした」

「あの時点では、犯人の拳銃に実弾が残っていると思われていた。その状況で突入したんだ。いくら訓練を積んでいるといっても、いざ実戦となると平静ではいられないだろう」

「制圧したときは興奮状態でした。その直後に、犯人の拳銃に実弾が残っていなかったと知ったのです。自分は、少なからず衝撃を受けました」

竜崎は、石渡が何を言おうとしているのか、唐突に気づいた。

「そのことを、君は現場で誰かにしゃべったのか？」

「あのときは、そうすべきだと思ったのです。すべてを明らかにした上で自分たちの成果を正当に評価してもらおうと考えたのです」

「つまり、良心の呵責《かしやく》を感じていたということか？」

石渡はしばらく考えてからこたえた。

「わかりません。しかし、そのようなことだったかもしれません」

竜崎は大きくひとつ深呼吸した。

「誰にしゃべったんだ？」

「東日の記者です」

「現場に来ていた東日の記者は、堀木というんだ。だが、堀木が記事にしたのではないことはわかっている」

石渡はかぶりを振った。

「堀木という記者ではありません。あの日、現場には別の記者も来ていました。社会部の遊軍で、その記者とは古い付き合いでした」

しばらく沈黙があった。

戸高が竜崎に言った。

「これで、ほぼ、ではなく、完全に自分の疑いは晴れたわけですね」

石渡が竜崎に言った。

「自分はこれほどの問題になるとは思ってもいませんでした。拳銃を持っている犯人は撃てと訓練されています。ドイツの特殊部隊では必ずそう指導されます。相手の拳銃に弾が残っていようがいまいが関係ありません」

「それが、世界の特殊部隊の常識なのだろう。だが、日本の風土にはまだまだ馴染《なじ》まない」

「われわれSATは、その辺の折り合いをつけるのに苦労しております」

「わかっている。それは、警察の上層部や政府がちゃんとした意思決定をしないからだ。指導者が無能だと、現場の人間が危険にさらされることになる。しかし、君たちもテロを相手に戦うのなら、情報の取り扱いにはもっと神経質になるべきだろう」

石渡は姿勢を正した。

「肝に銘じておきます」

「そうしてくれ。話は以上だ」

石渡は、きびきびと礼をした。特殊部隊員らしく、必要以上の言い訳はしなかった。犯人射殺という事実を、ちゃんと評価してもらいたかったという言い分も理解できないではない。

戸高が言った。

「さて、これからどうします？」

「人質だった二人の動向が気になる」

「監視をつける必要があるかもしれませんね」

「人質になった源田夫婦と瀬島の関係を全力で洗うんだ。必要なら本庁《ホンブ》の協力を仰ぐ」

戸高は持ち前の皮肉な笑みを浮かべた。

「それくらいの捜査は、所轄《しょかつ》にだってできるんですよ」

「刑事課長と、強行犯係長を呼び出そう」

竜崎は電話に手を伸ばした。


貝沼副署長にも連絡すると、彼も駆けつけた。休日に呼び出された刑事課長や、強行犯係の面々は、明らかにやる気がなさそうだった。

だが、竜崎が経緯を説明しはじめると、次第に話に引き込まれ、説明が終わる頃にはすっかりみんなの顔つきが変わっていた。

「じきに、本庁《ホンブ》から弾道学鑑定の結果と音声鑑定の結果が届くはずだ。だが、それを待っているわけにはいかない」

竜崎のその言葉を受けて、関本刑事課長が言った。

「心得ております。さっそく手配にかかります。まずは、『磯菊』の店主である源田とその妻に張り付きます。それから、源田夫婦と死亡した現時点での容疑者の瀬島睦利との関係を洗うことですね。強行犯係だけでは手が足りないので、ほかの係からも人員を回します。よろしいですね」

「やってくれ」

「消費者金融強盗事件で本庁《ホンブ》に身柄拘束されている二人が何か知っているかもしれません」

その刑事課長の言葉に、竜崎はうなずいた。

「再度取り調べをするように手配しておく」

「じゃあ、すぐにかかります」

「逐一、情報を上げてくれ」

「署長に直接ですか？」

竜崎より早く、貝沼副署長がこたえた。

「そうだ。署長に上げろ。私は、署長室に詰めている」

この言葉は少々意外だった。竜崎の出過ぎた行いを、貝沼は不愉快に感じているかもしれないと思っていたのだ。

課長と強行犯係の面々が署長室を出て行くと、貝沼が言った。

「先日のように無線係をここに置きましょう」

「そのやり方でいいんだな?」

「は……?」

「君は、情報を署長室に集中させることに不満を感じているのではないかと思っていた」

「不満などとんでもない。ただ……」

「ただ、何だ?」

「署長が変わるたびにやり方が変わります。私どもはそれに慣れなければなりません。それには少々時間がかかります」

「私のやり方は間違っていると思うか?」

「いいえ。正しいからこそ、このような展開になったと思っております」

「本心か?」

「本心です」

「何か言いたいことはないのか?」

貝沼副署長は、竜崎を見つめた。こちらの気持ちを推し量っているようだ。

「でしたら、一言だけ……」

「何だ？」

「署長は、所轄署が共同体であるという考えに反発を感じておられるようです。しかし、それは紛れもない事実なのです。人は命令だけでは動きません。われわれは日常をともにし、信頼しあう関係でなければなりません」

竜崎はうなずいた。

「考慮に値する意見だ。考えておく」

「所轄という組織を信頼してください。現場には便利な言葉があるのです」

「何だ？」

「所要の措置を取れ。これだけで現場の人間は動きます」

「わかった。覚えておこう」

「では、無線とパソコンのオペレーターを手配します」

「頼む」

竜崎は言った。「所要の措置を取ってくれ」

貝沼副署長がかすかにほほえんだ。

「了解しました」

竜崎は、貝沼が笑うのを初めて見たような気がしていた。

時間を追うごとに、刑事課と署長室の人員が増えていった。署長室には、さまざまな情報が届きはじめ、それをパソコンに入れる者、逆にパソコンから関係者に資料を分配する者がおおいに活躍していた。

無線係は、連絡のたびにメモを中央のテーブルに送り、連絡係が電話によって必要な指示を送ったり、ときには署長室から伝令のために駆けだしていったりしていた。

刑事課長が言ったとおり、刑事課では強行犯係だけでなく他の係から捜査員を動員しているようだった。

「源田と瀬島の直接の関係を示しているとは言い難いのですが……」

関本刑事課長がそう報告に来たのは、午後九時頃のことだった。「源田は、強盗事件が起きた高輪の消費者金融に何度か足を運んでいるようですね」

「借金をしていたのか？」

「融資の相談に行ったようですが、どうやら体よく断られたようです。過去にいくつかの町金《マチキン》でつまんで、焦《こ》げ付いたことがあったようですね」

「ブラックリストに載っていたというわけか？」

「そのようです」

「源田は強盗にあった消費者金融に怨《うら》みを抱いていた可能性もあるな。そして、店舗の内部の様子も知っていた……」

「さらに、源田は、広域暴力団の組員と付き合いがあるという情報を得ました」

「本庁が、瀬島の持っていた拳銃《けんじゅう》の出所を洗っているはずだ」

「すでに本庁に確認済みです。拳銃の出所は、源田の知り合いがいる暴力団と見てほぼ間違いないということです」

竜崎は貝沼と顔を見合わせていた。貝沼もおそらく同じことを考えているはずだ。

「拳銃の手配をしたのが、瀬島ではなく源田だったという可能性もあるわけだな」

関本刑事課長がこたえた。

「その線が濃いと思います」

「源田が消費者金融と拳銃とに結びついたとする。つまり、すべての絵を源田が描いたということか？」

「裏を取らなければなりませんが、状況から見てほぼ間違いないと思います」

貝沼が関本に言った。

「急いで裏を取れ。慎重にやるんだ。ここでミソを付けるわけにはいかない」

「心得てます」

関本は、刑事課に戻って行った。

事件全体の構図が見えてきた。これまで考えられていたのとはまったく違う構図だ。

「当初、人質と見られていた源田が、消費者金融強盗事件の黒幕という線が出てきましたね」

貝沼が言った。竜崎はうなずいた。

「そうなると、立てこもり事件もまったく違った展開だったことが考えられるな」

「源田は人質などではなかった……」

「そう。だとしたら、戸高が指摘した三点の説明がつく。まず、第一点の言い争いの件と第二点の、なぜ瀬島が『磯菊』に立てこもったかという点だ。追われた瀬島が、黒幕の源田のところに逃げ込んだ。源田はそれに対して怒ったわけだ。あくまでも計画を立て、段取りだけをつけて、あとは瀬島にやらせるつもりだったのだろう。第三点の料理の件も説明がつく。源田は自由に行動できたわけだ」

「なるほど……。しかし、はっきりとした裏付けなしに、事件をひっくり返すなど、検察が納得しないでしょうね」

「納得しなければ、検察は恥をかくことになる」

貝沼は、ちょっと驚いたように竜崎を見た。

「何だ？　私は変なことを言ったか？」

「いえ、さすがに評判どおりだと思いまして……」

「変人だという評判か？」

「そうではありません。正しいことを正しいと言える珍しいキャリア組だという評判です」

「キャリア組だって頭の固い官僚ばかりじゃないんだ」

「失礼しました。余計なことを申しました」

竜崎の携帯電話が鳴った。娘の美紀からだった。

「ちょうどよかった。電話しようと思っていた。今夜は帰れないかもしれない」

「そう、わかった。明日は？」

「どうなるかわからないな」

「あのね、今日、病院に行ってきたの。そうしたら、担当の先生がお父さんと話がしたいって……」

美紀の声が不安そうだった。胸の奥に痛みが走ったような気がした。わずかに鼓動が速くなった。

「検査の結果が出たのか？」

「そうかもしれない。詳しいことは聞いてないの」

「先生はどんな様子だった？」

「どんなって……？」

「深刻そうな雰囲気だったか？」

「そんなふうじゃなかったけど、でもお父さんと話をしたいっていうのは、ちょっと心配で……」

「わかった。できるだけ早く病院に行く」

「じゃあ……」

電話が切れた。

おそらく、美紀は、「心配ない」というようなことを言ってほしかったに違いない。だが、そんな安請け合いはできない。竜崎も心配なのだ。医者が家族に会いたいという場合は、だいたい話の内容は決まっている。竜崎もつい、最悪の想像をしてしまうのだ。

いや、まだ話を聞くまではわからない。あれこれ想像して絶望するのはばかばかしい。竜崎は自分にそう言い聞かせようとしていた。とにかく、できるだけ早く事件にケリを付けて、病院に行くことだ。

貝沼が竜崎のほうを見ているのに気づいた。彼は何も言わない。また竜崎が、個人的な話だ、といって会話を拒否するのを恐れているのかもしれない。

竜崎は、所轄署《しょかつしょ》は共同体だという貝沼の言葉を思い出して言った。

「娘からだ。妻を担当している医者が、私と話したいと言っていたそうだ」

「ご心配でしょう」

貝沼が言った。「今日と明日は、本来ならばお休みの日です。明日にでも病院に行かれてはいかがですか？」

「いや、そう言ってくれるのはありがたいが、こちらも今日明日が正念場だ。こっちが片づいてから行くことにする」

「それでよろしいのですか？」

「気になるが仕方がない」

貝沼はうなずいた。

何を考えているかわからない男だと思っていたが、実は自分自身を抑えて補佐役に徹することを旨《むね》としているのだということが、ようやく理解できた。そういう眼で見ると、実に頼もしい男だ。

　降格人事を食らってやってきたキャリアの署長など、署員は誰も信用してくれないだろうと決めつけていた。だが、信用していないのは、俺のほうだったんだと、竜崎は思った。これからは、もっと署員を信用すべきだと思った。

　妻の病状はもちろん気になる。しかし、竜崎は医者ではない。心配しても妻の病気を治療することはできないのだ。今、竜崎にできるのは、捜査に専念することだ。竜崎は、なんとか気持ちに整理をつけようとしていた。

21

刑事課と署長室の係員は、深夜になっても働き続けていた。刑事課では、捜査員が外から持ち寄った情報を共有し、検証しているはずだ。

署活系の無線が、署長室でも傍受できる。また、刑事課からの内線電話も入り、そのたびにメモが増えていく。

貝沼はつつがなく、飛び交う情報の整理をこなしていた。キャリアでなくても貝沼のような優秀な人材がいるのだということに、あらためて気づいた。

いや、貝沼だけではない。そもそも今回の事件を見直すきっかけを作ったのは、ひねくれ者にしか見えなかった戸高だった。

「これ、気になりますね……」

メモを見て、パソコン入力していた係員が言った。

竜崎はそちらを見て言った。

「何だ?」

「瀬島睦利の職歴です。いくつか職を変わっていますが、金融業で社員をやっていたことがあります。たしか源田清一は、過去に町金やサラ金で借金をして焦《こ》げ付いたことがあるんでしたよね」

「それだ」

貝沼が即座に受話器に手を伸ばして内線電話をかけた。「刑事課長に伝えて、すぐに洗わせます。夜中だろうが何だろうが、関係者を叩《たた》き起こして話を聞かせましょう」

実際、刑事は時間などお構いなしだ。刑事たちは本当にやるだろう。貝沼は、関本刑事課長に必要なことを指示すると、受話器を置いた。

「つながりました」

関本刑事課長がそう言って署長室に入ってきたのは、その電話から約二時間後のことだった。

「瀬島と源田がつながったんです。当たりでしたよ。瀬島が金融会社の社員をやっているときに、その会社から源田が金を借りています。担当者は間違いなく瀬島だったということです」

「関係者の証言は証拠能力があるな？」

貝沼が確認した。

「だいじょうぶです。抜かりはありません」

関本刑事課長は、勢いに乗って続けた。「これで、瀬島と源田が知り合いだったことが明らかになりました。拳銃《けんじゅう》の入手先の件もあります。瀬島たちが強盗に入った消費者金融を源田が何度か訪ねていることも確認済みです。これだけそろえば、任意で引っ張っていいんじゃないですか？」

つまり、自白を取るというわけだ。今でも日本の司法制度において、自白が最高の証拠という風潮がある。自白さえ取れればあとはどうにでもなるという捜査方法が横行している。

「いや」

竜崎は言った。「これが、通常の捜査ならそれでもいいかもしれない。だが、われわれは、一度送検した事件を洗い直しているんだ。慎重にやりたい。検察を充分に納得させる材料が必要なんだ」

貝沼が関本課長に言った。

「私もそう思う。失敗は許されない」

竜崎は言った。

「本庁《ホンブ》からの鑑識の詳報を待とう」

関本課長はうなずいた。

「わかりました。さらに裏付けを固めます」

貝沼が言った。

「頼む」

関本刑事課長が署長室を出て行くと、竜崎は貝沼に言った。

「刑事部長に報告しておく必要があるかもしれない。ついでに、本庁《ホンブ》が本気で動いているかどうか確認する」

「この時間にですか？」

すでに夜中の二時半だ。

「警察官に時間など関係ない。それは刑事部長だって同じだ」

竜崎は、かまわず携帯電話にかけた。

寝ているところを起こしたら、さぞかし伊丹は不機嫌だろうと思った。だが、意外なことに、伊丹はすぐに電話に出た。声もしっかりしている。

「起きていたのか？」

「警視庁《カイシャ》にいるよ」

「驚いたな……」

「鑑識の報告が意外だったんでな。はじめは、おまえの言うことに対して半信半疑だったんだ。だが、線条痕《せんじょうこん》で意外な結果が出た」

「瀬島の遺体から出た弾丸の線条痕か？」

「そうだ。瀬島が持っていた拳銃から撃った弾と一致した。つまり、瀬島は自分が持っていた拳銃で撃たれたことになる。俺は警視庁に駆けつけて、鑑識と科学捜査研究所に無理を言って鑑定を急がせた。今、弾丸の方向と角度を洗い出しているところだ。そっちはどうだ？」

「瀬島睦利と源田清一が知り合いだったことがわかった。源田夫婦は人質ではなかった公算が強まった。今、裏付けに全力を上げている」

「令状が下りたら、源田のところに電話をかけてその声を録音し、ＳＩＴがかけた電話にこたえた声と声紋を比較する」

「わかった」

「そっちはどんな態勢だ？」

「強行犯係だけでなく、ほかの係からも捜査員を動員している。署長室に情報を集約している」

「わかった。これから、捜査員を何人か連れてそっちへ行く」

「おい、帳場を開くというのか？　週に二度も帳場を立てたら、大森署の予算は空っぽになるぞ」

「心配するな。今の態勢に加勢するだけだ。それに、もうそう長くはかからん」

「刑事部長が乗り込んでくると、所轄《しよかつ》の者は緊張するんだよ」

「気をつかうなと言っておけ」

言い出したら聞かない男だ。

「わかった。どれくらいで到着する？」

「三十分後には着く。じゃあな」

電話が切れた。

伊丹は妙に張り切っていた。事件の真相が明らかになりつつあるという高揚感もあるだろうが、本当の理由は別にあるはずだ。瀬島を撃ったのが、ＳＡＴでないということが明らかになれば、マスコミの攻撃は止《や》む。そして、マスコミが黙れば、小田切首席監察官の追及も止むのだ。

伊丹は、言葉どおり約三十分後に、捜査員を一班十五人まるごと連れてやってきた。これは、今現在捜査に携わっている大森署の捜査員や連絡係の総数より多い。

主導権を握ろうという魂胆が見え見えだ。いや、本人はそれほど意識していないのかもしれない。意識せずにこういうことを平気でやる男だ。

「詳しく説明してくれ」

伊丹が竜崎に言った。それほど広くない署長室に本庁からの捜査員たちが押しかけたのだから、ひどく窮屈な印象があった。

とにかく会議用のテーブルの周りに座れる者全員を座らせることにした。それで少しはましになるだろう。

関本刑事課長が緊張した面持ちでこれまでわかったことを報告した。竜崎は、何か付け加えることはないかと思いながら聞いていたが、関本の説明はよく整理されており、その必要はなかった。

説明を聞き終わると、伊丹が言った。

「よくわかった。こちらからは、現時点でわかっている鑑識と科捜研の報告をしよう」

本庁の係長が説明を始めた。伊丹から電話で聞いた線条痕の報告だった。

「さらに、現時点でもう一つわかったことがあります。瀬島の遺体や着衣を調べた結果、硝煙反応が出ませんでした」

関本課長が言った。

「遺体はまだ遺族に引き渡されていないのですか？」

「解剖し、銃弾を取り出すために大学病院に送り、まだそこの安置所にありました」

硝煙反応がなかったということは、瀬島が拳銃を撃ったのではないということを物語っている。

外に向けて撃ったのは瀬島だと誰もが思っていた。それも否定されたことになる。つまり、四発とも源田夫婦のどちらかが撃ったということだ。

関本課長が言った。

「これだけの材料がそろえば、裁判所は源田に対する逮捕令状や家宅捜索の令状を出してくれるんじゃないですか？」

竜崎はこたえた。

「万全を期したい。線条痕の件については、瀬島が自殺をしたと言われかねない。硝煙反応にしても、まだ根拠としては弱い。硝煙反応は袖口《そでぐち》や拳銃を持っていた手から出るものだが、瀬島は半袖の服を着ていたし、この季節だから汗で流れたとか手を洗ったとか言われればそれまでだ」

関本課長が言った。

「消費者金融強盗で、身柄確保されている二人の容疑者が何か知っているかもしれません」

本庁の係長がかぶりを振った。

「それもすでに確認済みです。あの二人は、瀬島が拾ってきたやつらで、消費者金融強盗の件は、瀬島としか話をしてない。つまり、源田とのつながりはないんです」

伊丹が言った。

「とにかく、捜査を進めよう。手分けをして源田と瀬島の関係の裏を固めるんだ」

竜崎は、大森署の捜査員に道案内役をやらせる気はなかった。

「本庁《ホンブ》の捜査員は、源田と付き合いがあったという暴力団員のほうを調べてくれ。拳銃の入手先の確定だ。拳銃を入手したのが瀬島ではなく、源田だという証拠か証言がほしい。それと、瀬島の金融業時代のことを洗ってくれ。瀬島と源田が知り合いだったというはっきりとした裏付けも必要だ」

伊丹はうなずいた。

「了解した。俺もここに詰めることにする」

「捜査本部でもないのに、刑事部長が所轄に詰めるというのか？」

「事実上、捜査本部みたいなものだ」

たしかに、刑事部長がいてくれれば、さまざまなところに融通がきく。伊丹がここにいたいというのだから、断る理由はない。

伊丹が本庁の捜査員たちに言った。

「すぐにかかってくれ。一気に片を付けるぞ」

その姿を見て竜崎は少しだけ嫉妬《しっと》した。やはり伊丹は颯爽《さっそう》として見える。こういうことが様《さま》になる。


ここまで来れば、竜崎がいちいち指示を出す必要はない。だが、この場を離れる気にはなれなかった。情報が集まり、ジグソーパズルのピースが埋まっていく。次第に事件の全体像がはっきりしてくるのを、その眼で確かめていたかった。

竜崎は署長の席に陣取り、伊丹は会議用テーブルの一番奥にいた。竜崎から離れた場所だ。そこを自分の指定席と決めたようだ。

竜崎は、交替で捜査員に仮眠を取らせるように指示した。しかし、休もうとする捜査員はいないようだった。獲物を追い詰める猟犬のようなものだ。彼らは、獲物の臭《にお》いが次第に近づきつつあるのを実感しているのだ。

やがて、夜が明けたが、捜査員たちはまさに不眠不休で働き続けていた。

朝になると、世の中も動きはじめる。夜中には集まらないような情報も集まってくる。主に聞き込みの情報だ。

犯人死亡ということで、一時期絶望視されていた拳銃の出所がはっきりした。それが判明したのは、日曜日の午後だった。本庁の捜査員が、組織犯罪対策部の協力を得て源田とつきあいのある暴力団員を特定した。身柄を引っ張り追及すると、源田に売ったことをあっさりと自白した。

その知らせが入ると、署長室の中で歓声が上がった。

「あとは、鑑識や科捜研からの報告だな」

竜崎が伊丹に言った。

伊丹はすぐに電話をした。受話器を置くと彼は言った。

「電話をして源田の声を入手したそうだ。すぐに声紋の鑑定に入る。銃弾の方向や角度に関しては、写真だけでは正確な鑑定はできないそうだ」

「それは、源田の身柄確保後に、現場で検証すればいい」

「いい知らせと悪い知らせがある」

「いいほうから聞かせてくれ」

「SITがファイバースコープで入手した画像を解析した。源田が料理をしているときの画像だ。源田の妻が瀬島と並んで映ってる。当初、瀬島が源田の妻を拳銃で脅しているものと思われていた。だが、そのとき、瀬島は銃を持っていなかった」

「確かか?」

「画像を拡大し、鮮明にした結果ようやく判明したそうだ」

「たしかにいい知らせだ。悪いほうは?」

「声紋鑑定に時間がかかる。急いでも明日になるだろう。そして、源田の声を録音するために電話をしたのだが、源田に怪しまれた恐れがある」

竜崎は、貝沼に言った。

「源田の張り込みを増やしたほうがいい」

「手配します」

貝沼は、すぐに内線電話をかけて刑事課に指示した。無駄のない指示だった。

それからしばらくは、これといった有力な情報はなかった。無線も電話もほぼ定期的な連絡が入ってくるだけだ。捜査の停滞期だ。詰めの段階に入って捜査員たちが忙しく動き回っていても、必ずこういう時間帯がくる。

竜崎もさすがに、寝不足と疲労で参ってきていた。土曜日の朝に出勤してから、もう三十時間以上働きつづけている。このままでは判断力に影響する。

あとは、部下にまかせて少し仮眠を取ろうか。

そう考えた矢先だった。無線から捜査員の声が飛び込んできた。

「マル対に動きあり。繰り返す。マル対に動きあり。マル対1が外出します」

マル対1というのは、源田清一のことだ。

眠気がいっぺんに吹き飛んだ。

「どうします？」

連絡係が尋ねる。

貝沼が即座に竜崎に言った。

「身柄確保もやむを得ないと思います」

これは絶妙なタイミングのアドバイスだった。竜崎は言った。

「職質をかけろ。必要があれば、身柄確保だ」

無線係がそれを伝える。竜崎はさらに言った。

「マル対2の動きにも注意しろ。そちらにも動きがあれば、身柄確保しろ」

それから、伊丹のほうを見て言った。

「それでいいな？」

伊丹はうなずいた。

「おまえの判断に任せる」

「あとで責任逃れするなよ」

「そういう意味じゃない」

無線から捜査員同士の連絡が流れてくる。突然、その声が緊迫した調子になった。

「マル対1、逃走。追跡する」

署長室にいる全員が身動きを止めた。竜崎も無線から流れてくる声に聞き耳を立てた。捜査員同士が連絡を取り合う激しいやり取りが聞こえる。

「マル対1確保、繰り返す。マル対1確保。緊急逮捕しました」

署長室に、ほうと息を吐く音が流れた。

すぐに、無線で指示する声が流れた。

「マル対2の身柄も押さえろ。逃走する危険がある」

関本課長の声だ。刑事課にある無線を使ったのだ。慎重に事を運びたかったのはやまやまだが、こういう事態になっては、二人の身柄確保は仕方がない。

「今ある資料をかき集めてくれ」

伊丹が言った。「二人の逮捕令状の請求はこっちでやろう」

「令状が下りるか?」

「書類だけでだめなら、判事を口頭で説得するさ。家宅捜索の令状もいっしょに取る」

「まかせる」

ほどなく、出入り口のほうが騒がしくなった。源田夫婦の身柄を署に引っ張ってきたのだ。

貝沼が言った。

「これで自白してくれれば、すべて片づくんですがね……」

竜崎は言った。

「明日になれば、証拠がそろう。それを突きつけてやれば言い逃れはできない」

源田夫婦の身柄を押さえたということで、捜査は一段落した。まだ予断は許されないが、山を越えたのは確かだ。そのとたんに、竜崎はがっくりと疲れ果てた。

「ちょっと仮眠を取る」

竜崎は、貝沼に言った。「何かあったら起こしてくれ」

「ご自宅で休まれてはいかがですか?」

「いや、逮捕令状と捜索令状が下りるまで安心はできない」

「わかりました」

竜崎は伊丹に言った。

「おまえも、少し休んだらどうだ?」

伊丹は言った。

「俺は平気だ。おまえとは鍛え方が違う」

やっぱり厭味《いやみ》なやつだ。


ほんの少し眠るつもりが、夜明け頃までぐっすりと眠ってしまった。洗面所で顔を洗い署長室に行くと、伊丹も椅子《いす》に座ったまま眠りこけていた。口ほどにもない。どうやら、署長がいない間に、貝沼や課長も交替で休憩を取れたらしい。気をつかうなと言うだけ無駄なのだ。

夜が明けて明るくなると、貝沼が署長室にやってきた。眼が赤いが、昨夜よりはいくぶんかましな顔をしている。

「取り調べのほうはどうなったのかな?」

「夜中になって一時中断しました。二人とも、まだ何もしゃべってはいません。人質になった者に対して、何でこんな扱いをするんだと言いつづけています」

「いつ再開するんだ?」

「もうそろそろ始める頃です」

「令状のほうは？」

「疎明《そめい》資料作りに時間がかかりまして……。今、本庁の方が裁判所に行っています」

やがて、いつもと同じ月曜日の朝がやってきた。斎藤警務課長が署長室を覗《のぞ》いて目を丸くした。

「何があったんです？」

竜崎はこたえた。

「立てこもり事件がひっくり返った」

斎藤警務課長は、部屋の中を見回し、まだ椅子で眠っている伊丹を見てさらに驚きの表情になった。

「刑事部長……」

「寝せておいてやれ。くたくたに疲れているんだ」

「決裁書類はどうしましょう」

「持ってきてくれ。どうせ片付けなければならないんだ」

いつものように山のようなファイルが運び込まれる。竜崎は、機械的に判を押す作業を始めた。

伊丹が目を覚まし、テーブルに並べられたおびただしい量のファイルを見て言った。

「これは何だ？」

「署長の最大の仕事だ。これにぜんぶ決裁の印を押さなければならない。これでほぼ一日がつぶれる」

「俺も署長の経験があるが、当時はこんなに書類はなかったぞ……」

「法律が変わるたびに書類が増えるんだそうだ。官僚や政治家は現場のことなど何も考えていない」

伊丹は、あきれたようにかぶりを振っただけだった。

そこに本庁の捜査員が駆け込んできた。

「逮捕令状ならびに捜索令状が取れました。罪状は、強盗の教唆《きょうさ》、拳銃《けんじゅう》の不法所持ならびに使用、そして逮捕監禁です」

竜崎は言った。

「取調室に行って、すぐに令状を執行してくれ」

令状を取ってきた捜査員は、近くにいた連絡係に取調室の場所を尋ねて、入ってきたときと同様に駆けて出て行った。

「さて、これでいよいよ後には退《ひ》けなくなったな」

伊丹が言った。竜崎はこの言葉に腹が立った。

「後に退くつもりだったのか?」

「言葉のアヤだ。覚悟を決めて送検しなければな……。会見で、前の発表が間違いだったことも言わなければならない。新聞社や放送局はぶうぶう言うだろうな」

「言わせておけばいいんだ。スクープ合戦などと余計なことをするから混乱するんだ」

「おまえは、いつもマスコミには厳しいな」

「長官官房の総務課長のときに、マスコミ対策をやっていたので、実態をよく知っているだけのことだ」

竜崎はいつものように判を押しながら話をしていた。ふと、その姿をひやひやした表情で見ている貝沼に気づいた。

「どうした?」

「いえ、判を押しながら刑事部長とお話をされる警察署長は、おそらくうちの署長だけだと思いまして」

伊丹が言った。

「こいつはいいんだよ。幼なじみだし、いろいろと借りもある」

部屋の外が急に騒がしくなった。何事かと顔を上げると、斎藤警務課長が青い顔でやってきた。

「どうした？」

「野間崎管理官です」

またか。いったい、何をしに来たのだろう。

「お通ししろ」

斎藤警務課長が招き入れるのを待たずに、野間崎が署長室に入ってきた。竜崎を見据えていきなり言った。

「いったい、何をやっているんですか」

言葉遣いは丁寧だが、詰問調《きつもんちょう》だ。

「何のことです？」

「人質だった人たちの身柄を引っ張って、逮捕状を取ったそうじゃないですか」

「そうです」

「送検された事案をほじくり返してどうするつもりです。余計なことはしないでいただきたい」

「余計なことなどしていません。すべて必要なことです」

「そうは思えませんね。監察を混乱させるためにやっているのでしょうが、それは無駄なことです」

　こいつは、こういうものの見方しかできないらしい。

「立てこもり事件の犯人と思われていた瀬島睦利を殺害したのは、人質だと思われていた源田夫婦のどちらかであることを信ずるに足る証拠が次々と見つかったのです」

「今さら何をおっしゃる。終わった事件じゃないですか」

「われわれは真相を究明しているだけです」

「すぐに無駄な捜査はやめていただく」

「あなたにそんなことを言う権限はないはずです」

「方面本部の指導です。権限はあります」

「やめるつもりはありません。また、首席監察官に言いつけますか？」

「何の話ですか？」

「あなたは、私の責任を追及する意見書か何かを小田切首席監察官に提出したはずです。おそらく求められもしないのに、自ら進んで提出したのでしょう」

「それは本当か」

　伊丹が言った。「だとしたら、聞き捨てならないな」

　野間崎管理官は伊丹のほうを見た。そこに伊丹がいることに初めて気づいたのだ。

その表情の変化は見ものだった。怒りが瞬時に消え、訝《いぶか》しむような顔つきになり、やがて驚愕《きょうがく》の表情になった。

たちまち野間崎は姿勢をただした。

「刑事部長……」

伊丹はゆっくりと背もたれから身を起こした。

「大森署は、正当な理由があって捜査をやり直したんだ。それを阻止する権限は、君にはない」

「なぜここに部長が……」

「重要な事案だ。私がいたっておかしくはないだろう。君は私にも捜査をやめろと言うのか?」

「いえ、とんでもありません」

「なら、引っ込んでるんだな」

野間崎の顔は真っ赤だった。怒りのせいではないだろう。失敗に気づいたのだ。恥辱と後悔で消えてしまいたい気持ちに違いない。

伊丹はさらに言った。

「頼まれもしないのに、小田切首席監察官に意見書を提出したって?」

「いえ、それは……」

「本当に提出したのか？　それとも竜崎署長が嘘《うそ》を言ったのか？」

野間崎は、言い逃れしようと、あれこれ考えている様子だった。だが、やがて諦《あきら》めたように言った。

「私が竜崎署長から話を聞き、その内容を書類にして送りました。しかし、それは方面本部の監督責任を果たしたのであって……」

伊丹は野間崎を遮るように言った。

「君は首席監察官に、私たちの首を差し出そうとしたわけだな」

「決してそんなつもりはありません」

「まあいい。今回の事件の真相が明らかになれば、マスコミの追及もなくなる。これは警察の威信をかけた捜査でもある。邪魔しないでくれ。さあ、俺たちは忙しいんだ。ほかに何か言うことはあるか？」

「いえ、ありません」

伊丹は、いかにも、もうおまえには関心がない、という態度でそっぽを向いた。

野間崎管理官は、茫然《ぼうぜん》としていたが、やがてさっと伊丹に礼をして足早に署長室を出て行った。

「何だ、あいつは……」

伊丹が言った。竜崎はこたえた。

「小物に立場や権限を与えると、ああいうことになる」

「困ったもんだな」

竜崎は何事もなかったかのように、押印《おういん》を再開した。


昼前に、鑑識と科捜研からの報告が届いた。弾道学鑑定による線条痕《せんじょうこん》の件、画像解析によって瀬島が拳銃を持っていないことが判明した件、硝煙反応の件などがきちんと書類になっていた。

音声鑑定の結果も出ていた。ＳＩＴがかけた電話に出て、「もうかけてくるな」と怒鳴った声は、間違いなく源田清一のものだった。

さらに、新たな事実が判明していた。身柄を拘束されたときに源田が所持していたカバンの中から衣類が出てきた。それを検査したところ、硝煙反応が出たのだ。

おそらく源田は、危険を感じて、拳銃を撃ったときに着ていた衣服を処分しようとしていたのだろう。

取り調べをしている捜査官のもとに伝令が走った。これらの事実を突きつけてやれば、源田はもう言い逃れはできないはずだ。

案の定、源田清一はその日のうちに落ちた。

月曜日の午後五時十分。源田が自供を始めたという知らせが署長室に届いた。

やはり、拳銃を撃ったのは源田清一だった。窓から外に向けて三発撃ったのも源田だし、瀬島睦利を撃ったのも源田だった。

瀬島が『磯菊』にやってきたので、思わず怒鳴りつけた。そこで口論となった。そのときに、源田は人質事件をでっち上げることを思いついたのだという。

瀬島から拳銃を回収し、あたかも瀬島に人質に取られているかのように偽装したのだ。瀬島には、必ず逃がしてやると嘘をついたのだった。

発砲事件が起きてからの『磯菊』内の様子は、竜崎たちの推理と完全に一致していた。さらに追及したところ、高輪の消費者金融強盗事件への関与も認めたという。だが、驚いたことに、強盗事件の計画を最初に言い出したのは、源田清一ではなく、妻の芳美だった。彼女はただ夫に従っただけでなく、犯罪に積極的に関与していた。予想していたより、源田夫婦が強固な共犯関係であることが明らかになったのだ。

これから、捜査員たちが手分けをして送検のために書類を作りはじめるのだ。今夜も徹夜をする捜査員が出るかもしれない。

「これで、一件落着だな」

伊丹が言った。「俺は警視庁に戻って、臨時の記者発表をする」

竜崎は言った。

「俺は送検するまで残る。どうせ、判を押さなけりゃならない書類がたっぷり残っているからな」

「じゃあな」

伊丹が署長室を出て行った。竜崎以外の署員たちが最敬礼で送り出した。

それから約三十分後に、東日新聞の福本社会部長から電話がかかってきた。

「まいったな。あの事件に裏があったとはな。まさか、俺たちをはめるために、最初の記者発表で嘘を言ったわけじゃないだろうな」

「違いますよ」

「SATの責任を追及した俺たちが恥をかくように、真相を伏せていたんじゃないのか?」

「残念ながら、こちらにそんな余裕はありませんでした。必死で捜査した結果、最初の記者発表とは違う真相が見えてきたのです」

「今度は間違いないだろうな?」

「間違いありません」

「さんざん警察を攻撃した俺たちは、いい面《つら》の皮だな」

「抜いた抜かれたではなく、報道というものの、社会的影響をもっとちゃんと考えてほしいですね」

「耳が痛いな。明日の朝刊の記事は特に慎重に扱うことにするよ」

「明日だけでなく、いつも慎重に願いたいものです」

「まったく……。恨み言の一つも言いたくて電話したんだが、あんたと話していると、なんだかこっちが悪いことをしたような気になってくる」

「恨み言を言われる理由はありませんよ」

「わかったわかった。じゃあな」

電話が切れた。

22

火曜日の朝九時に、また小田切首席監察官から呼び出しがあった。竜崎はすぐに警察庁に向かった。

小田切は、さぞかし口惜《くや》しがっているだろうと、竜崎は思っていた。八つ当たりされるくらいは覚悟しておかなければならないな……。そう思いながら、いつもの小会議室に向かった。

テーブルの上はすでにきれいに片付けられていた。書類ひとつない。パソコンの電源も落ちていた。

小田切はにこやかに竜崎を迎えた。

「何度もお呼び立てして申し訳ありません」

意外な対応だったので、竜崎は少々戸惑った。

「いえ……」

「どうぞ、おかけください」

竜崎は、いつも座る、小田切から一番遠い席に腰を下ろした。

「あなた自身が、事件を見直して真実を明らかにしたのだと聞きました。いい仕事をなさいました」

「最初に気づいたのは、うちの強行犯係の捜査員でした。戸高という男です」

「こういう結果になって、実はほっとしています」

嘘《うそ》をつけ。竜崎は心の中で言っていた。今になって急に善人面《ぜんにんづら》をしても遅い。

「私は、最初から間違ったことはしていないという自信がありました。SITもSATもうちの署員も、現場では全員が最大限の努力をしたと信じています。ですから、もしSATの突入によって瀬島が死んだとしても、私の判断は正しかったのだと自信を持って言えたでしょう」

「わかっています」

「そう。あなたは、わかっていながら、私を処分しようとしていた。警察組織をマスコミの攻撃から守るためには、犠牲者が必要だった。あなたは、その犠牲者に私を選んでいたはずです」

小田切は驚いた顔になった。

「そう思われていたとしたら、心外ですね」

「そうですか？　あなたは、捜査や現場の判断が適正だったかということよりも、どうやったら私を処分できるかということをお考えだったように思えるのですがね」

「それは誤解です。たしかに厳しく追及しました。しかし、それが私のやり方なのです。あそこで音《ね》を上げるようなら、私はあなたの信念を疑ったでしょう。しかし、あなたはご自分を決して曲げなかった」

「第二方面本部の管理官からの意見書をもとに、私の責任を追及しようとなさいました」

「意見書を無視はできません。だが、本気でその意見を取り入れたわけではありません」

なんだか、ちょっと様子がおかしい。

小田切が言い訳をしているとは思えなかった。もしかしたら、彼は今初めて本音を語っているのかもしれないと、竜崎は思いはじめた。

「私はてっきり、あなたが、最初から処分ありきで、査察をしているのだと思っていました」

小田切は意味ありげな笑みを浮かべた。

「噂《うわさ》の竜崎課長も、人を見る眼はまだまだ、といったところですか。いや、今は署長でしたね」

「噂……？　何のことです？」

「あなたに限って、不正や隠し事はあり得ない。誰もが口をそろえてそう言いましたよ。だから、私はちょっとあなたに挑戦してみたくなりましてね……」

竜崎は、ぽかんと口をあけてしまった。

つまり、小田切はわざと竜崎に挑戦的な態度を取ったということなのか。

小田切が頭を下げた。

「失礼があったことを、一言お詫《わ》びしたくてお呼びしました。本来なら、こちらから署のほうにうかがうべきなのですが、なかなか役所を離れられませんで……」

「あ……」

竜崎はあわてた。「いいえ、とんでもない。こちらこそ、失礼なことを申しました」

「もう一度言わせていただきます。あなたはいい仕事をなさいました」

竜崎は頭を下げた。

「恐縮です」

さすがに首席監察官ともなれば違うものだ、と竜崎は思った。小田切のほうが一枚上手《うわて》だったことを認めざるを得ない。ちょっと、悔しかった。

警察庁に行くのは公用なので、署長車に乗ってきていた。竜崎は、迷った末に署長車だけを署に帰した。

警察病院に寄っていくことに決めた。これは私用だから署長車で行くわけにはいかないのだ。地下鉄で飯田橋まで来ると、急に鼓動が激しくなった。

妻の検査の結果を聞くのが恐ろしかった。担当医が、竜崎に話があると言った。それは悪い結果を意味しているのではないか。つい、そう考えてしまう。

だが、悪い結果こそ早く知るべきだ。竜崎は、自分にそう言い聞かせた。そして、対処の方法を考えなければならない。手当てが早ければ、最悪の事態だけは避けられるかもしれない。

受付で来意を告げると、診察室に行くように言われた。診察室がいくつも並んでおり、竜崎は教えられた番号の診察室を訪ねた。

中年の医者が机に向かって書き物をしていた。竜崎が入っていくと、彼は椅子《いす》を回して竜崎のほうを向いた。

「竜崎さんですか?」

「はい」

「宮本《みやもと》といいます。そこに掛けてください」

宮本と名乗った医者は、診察用の椅子を指さした。竜崎は、言われるままに腰を下ろした。

「何かお話があるとか……」

竜崎が言うと、宮本はうなずいた。

「奥さんの検査の結果ですが、もうお聞きですか？」

「いいえ」

聞いているはずがない。それを今、あんたの口から聞くのではないのか……。

「胃潰瘍《いかいよう》ですね。しばらく入院されたほうがいいと思います」

「え……」

竜崎は、思わず言っていた。「胃潰瘍……？　本当ですか？」

「ええ。そうですよ」

宮本が怪訝《けげん》そうな顔をする。「最初からそう言っていたはずですが……」

「話があるというから、てっきり癌《がん》じゃないかと……」

「あ……」

宮本が言った。「申し訳ありません。言い方が悪かった。ご相談しなければならないことがあるという意味だったのです。胃潰瘍というのは、ストレスが大きく影響しますので、治療に関しまして、ご家族の方にいろいろとご協力いただかなければならないと思いまして……」

全身から力が抜けていくような気がした。

「何だ、胃潰瘍ですか……」

「胃潰瘍をなめてはいけませんよ。奥さんは、もう少しで胃に穴があくところだったのです。今申し上げたように、ストレスが大きく影響しますので、家庭内でのご負担を軽くするなど、いろいろとご家族の協力をお願いしたいのです」

竜崎は、安堵《あんど》のため脱力したままこたえた。

「わかりました。よく考えてみることにします」


病室を訪ねた。冴子はベッドの上に起き上がっていた。

「あら、こんな時間に……」

「担当の宮本先生と話をしてきたんだ。胃潰瘍をなめるなと言われた」

「もう平気ですよ」

「胃に穴があくところだったと言っていた。しばらく入院してゆっくり休め。ストレスがよくないと、先生が言っていた」

「ここにいると、よけいにストレスが溜《た》まりますよ」

「そう言わずに、しっかりと治療するんだ。また倒れられたらかなわん」

「お父さんこそ、お疲れの様子ね。今回の事件の捜査で無理したんじゃないですか？」

「だいじょうぶだ」

「テレビのニュースで見ましたよ」

「監察官に、いい仕事をしたとほめられたよ」

「そうですか」

「早く署に帰れとは言わないのか？」

「今日は許してあげます。しばらくここにいてもいいですよ」

二人きりになると、なんだか妙に照れくさい。

「じゃあ、もう少しここにいるか……」

「どうぞ」

「邦彦がな……」

「はい」

「アニメの仕事をやりたいと言っていた」

「はい」

「邦彦が貸してくれたアニメのＤＶＤを観《み》たんだが、ちょっと驚いたな……。なんというか、あれは凄《すご》いものだ」

「はい」

「美紀のやつ、ちゃんと就職できればいいいな」

「はい」

「もうじき、涼しくなるな……」

「はい」

解説

西上心太

《俺は、いつも揺れ動いているよ。ただ、迷ったときに、原則を大切にしようと努力しているだけだ》

竜崎伸也。

東大法学部卒業、国家公務員上級甲種（現在はⅠ種）試験合格、警察庁に入庁。警察庁長官官房総務課長として辣腕《らつわん》を奮うが、息子の不祥事により警視庁大森署の署長に異動。階級・警視長。

二〇〇五年に発表された『隠蔽《いんぺい》捜査』によってこの異色のヒーローは誕生した。履歴を見てもわかるように、竜崎はこれまでの警察小説では敵役《かたき》で描かれることが多かったキャリア警察官なのである。

「庶務や担当事案の割り振り、国会、閣議、委員会などからの質疑の受付」に加え「マスコミ対策」などを担当し、警察庁長官の実務の多くを補佐するのがその役割だ。まさしく警察組織の中枢で活動する警察官僚そのものなのである。彼のモットーがまたすごい。東大以外は大学ではないと断言し、家庭のことはすべて妻の仕事と割り切り、たとえ有能であろうとも部下には一度も心を許さない。さらに官僚同士の個人的な付き合いは必要ないばかりか業務の妨げであり、自分の使命は一命をなげうっても国家の治安を守ることだと広言してはばからない。

竜崎とあまり接したことのない者たちは、その言動に一様に驚きを見せるし、彼の妻や同期で警視庁刑事部長である伊丹俊太郎など遠慮する必要がない人間は、ずばり《変人》と呼ぶ。およそヒーロー像とほど遠いこの人物が、じわじわと読者の共感を呼ぶ存在になってくることは『隠蔽捜査』をお読みになった方ならご理解いただけるはずだ。人間誰しも本音とたてまえを使い分けるものだ。それができない人間は融通が利《き》かないと非難されがちであるし、上手に使い分ける人間を世故に長《た》けた《大人》であると評する。ところが竜崎は確固とした信念で、本音を貫き通すのだ。

本書の中で、危うい立場にさらされながら、常に変わらない態度を保つ竜崎を見て、官房総務課長時代の部下は表情を緩めながら次のように話しかける。

「ご自分が正しいと信じておいでなので、何があろうと揺るがないのです」

それに対する返事が冒頭に挙げた一文だ。

「俺は、いつも揺れ動いているよ。ただ、迷ったときに、原則を大切にしようと努力しているだけだ」

この言葉に違《たが》わず、竜崎は原理原則を貫き通す。公私ともに厳しく事に当たるぶれのない姿勢が、読者の共感を呼んでいくのである。

連続殺人事件によって大揺れになった警察組織を描いたのが『隠蔽捜査』だった。二つの射殺事件と、一つの撲殺事件。被害者がいずれも過去に殺人事件を起こしていた加害者だったことが判明しマスコミも騒ぎ出す。凶悪な事件を起こしながら、《法の不備》によって短い刑期で出所した者たちだったからだ。ところが現職の警察官が容疑者と特定されたことから警察庁上層部は浮き足立つ。上層部は捜査の責任者である伊丹刑事部長に圧力をかけ、事件の隠蔽をはかろうとする。竜崎はひとり、その方策に真っ向から反対する。だが彼も重大な問題を抱えていた。浪人生の息子・邦彦が自室で麻薬をしみ込ませた煙草《たばこ》を吸っているのを竜崎は発見していたのだ。はたして竜崎は公私にわたる二つの事件にどう向かい合うのか。

ノブレス・オブリージュ（noblesse oblige）という言葉がある。《高い身分に伴う義務》を意味するフランス語が語源の言葉だ。竜崎はキャリア警察官という地位に自己満足する弊に陥ることはない。国家に対して高いレベルの義務を負う存在であると心の底から思っている。出世至上主義なのもより責任のある立場につくことで、より高度に国家に対して奉仕できることが分かっているからなのだ。

「国家公務員がすべきことは、現状に自分の判断を合わせることではない。現状を理想に近づけることだ。そのために、確固たる判断力が必要なのだ」

「自分が属する社会の約束事を守れない人間は、その社会に所属する資格はない。それがルールだ。警察官をはじめとする司法関係者は、このルールのために存在する」

「本音とたてまえを使い分ける人がまともで、本気で原理原則を大切だと考えている者が変人だというのは、納得できない」

「手強《てごわ》い犯罪に対する一番の武器は合理性だと、私は信じている」

竜崎語録の一部である。彼のような官僚ばかりなら、この国ももう少ししっかりしていたのではないだろうか。

さて『隠蔽捜査』は警察小説といっても、リスク管理をテーマにした企業小説という一面が強い作品であった。だが所轄署に異動（実際は左遷だが）した竜崎が描かれる本書は、組織内の主導権争いなどの対立も取り上げながら、捜査現場の緊迫感、意外性あるプロットが用意された、よりミステリー的な味付けが濃い警察小説になっている。

拳銃を持った男の立てこもり事件が起き、昼に起きた消費者金融強盗の一味らしいことが判明する。自動車で逃亡した二人はキンパイ（緊急配備）によって逮捕されたが、残りの一人が大森署管内に潜んでいたのだった。竜崎は現場に出向き前線司令部の指揮をとる。現場には立てこもり事件等のエキスパートであるSIT（捜査一課特殊班）と、SAT（警視庁特殊部隊）が出動する。犯人との交渉に重きを置くSITに対し、SATは突入を主張する。室内から新たな銃声が響き、一刻の猶予《ゆうよ》もないと判断した竜崎はSATに突入命令を出す。人質は救出されたが犯人は射殺された。だが犯人の持っていた拳銃の弾倉はすでに空だった。翌日の朝刊一紙にその事実がリークされた。人権派を中心にした非難が巻き起こり、上層部は竜崎をスケープゴートにしようと動きだす。

SITは刑事部に所属する特殊部隊であり、あくまで犯人逮捕を主目的とするため、情報収集と犯人との交渉に力を注ぐ。これに対してSATは警備部の下部組織である機動隊に所属しており、その目的は武力による制圧にある。方法論の違いだけでなく、刑事部と警備部という警察組織内の対立、鞘《さや》当てが浮上するのだ。《合理性》を尊び、組織内の軋轢《あつれき》を歯牙《しが》にもかけない竜崎の決断が、後々波紋を呼んでいくわけなのだ。

さらに自首した息子が保護観察処分で済み、嵐が去ったかにみえた家庭問題に再び激震が襲う。立てこもり事件のさなか、家のことすべてを任せてきた妻が倒れて入院してしまうのだ。竜崎は深い喪失感に襲われる。日常においては風呂《ふろ》のお湯張りもできず、着替えのシャツを預けたクリーニング店も分からないというていたらくだ。再び竜崎は公私にわたる問題でピンチに襲われる。さすがの竜崎も弱気になるのだが、それを救ったのが息子の邦彦だった。竜崎は邦彦から渡されたあるものに心を大きく動かされ、勇気づけられるとともに自らの価値観の幅を広げていく。
「戦うために大義はいらない。ほんの小さなものでもいい。何か信じるものがあれば、そのために戦うのだ。守りたい何者かがいるなら、そのために戦えばいいのだ」という述懐は胸を打つ。竜崎は妻に任せきりで関心が薄かった家庭、家族に救われるのだ。

竜崎の信念は、彼と虚心に接する者の心を動かしていく。現場で対立していたSITとSATの隊長たちの場合もそうだ。竜崎は前線司令部に陣取るが、このような事例の専門職であるSITが到着すると、現場の指揮権をSITの隊長に委譲する。役にも立たない権力意識を持たずプロに任せるという態度は、まさに竜崎が信奉する《合理性》にほかならない。同時に、現場で起きたことのすべての責任を取ることを明言することも忘れてはいない。さらに事態が急変したさいにはSATに突入命令を下す。この竜崎の一連の言動が、プロ集団である部隊を率いる二人の隊長が、事件後に竜崎を表敬訪問するという行動となって現れるのだ。

　また副署長以下大森署の幹部職員たちも、合理的な精神で埒《らち》もない慣習を改めたり、果断な行動をとる竜崎の姿を見て、心底から新署長を支えていくようになっていく。そして刑事部長の伊丹。この二人の関わりについては『隠蔽捜査』に詳しいが、二人の過去の因縁と《友情》のありようもこのシリーズを通しての読みどころである。

　なお『隠蔽捜査』は第二十七回吉川英治文学新人賞を、本書は第二十一回山本周五郎賞、第六十一回日本推理作家協会賞（長篇および連作短篇部門）を受賞するという栄誉に耀《かがや》いた。デビュー三十年、著作百四十冊を数えようかというベテラン作家に、ついにスポットライトが当てられたのである。本シリーズがきっかけとなり、玄人筋《くろうと》では評価が高かった今野敏の面白さが、一般読者にもようやく広く知られるようになったのだ。現在も今野敏は精力的に新作を書き続けているが、旧作の掘り起こしも盛んで次々と文庫の新装版が発売されている。これはもう一種のムーブメントといってよい事態である。遅れてきた大器の最高傑作といっても過言でない隠蔽捜査シリーズをぜひとも読んでいただきたいと切に願う。

　なお、すでにシリーズ三作目『疑心　隠蔽捜査3』が上梓《じょうし》されている。そのテーマの一つが《恋に落ちた竜崎》（！）である。

ますます目が離せなくなったこのシリーズ、これまでに例を見ない、異色のヒーローの活躍をこの目で確かめようではありませんか。

（二〇〇九年十一月、文芸評論家）

この作品は二〇〇七年四月新潮社より刊行された。

今野敏著
隠蔽捜査
吉川英治文学新人賞受賞

東大卒、警視長、竜崎伸也。ただのキャリアではない。彼は信じる正義のため、警察組織という迷宮に挑む。ミステリ史に輝く長篇。

今野敏著
リオ
―警視庁強行犯係・樋口顕―

捜査本部は間違っている！ 火曜日の連続殺人を捜査する樋口警部補。彼の直感がそう告げた。刑事たちの真実を描く本格警察小説。

今野敏著
朱夏
―警視庁強行犯係・樋口顕―

妻が失踪した。樋口警部補は、所轄の氏家とともに非公式の捜査を始める。鍛えられた男たちの眼に映った誘拐容疑者、だが彼は――。

今野敏著
ビート
―警視庁強行犯係・樋口顕―

島崎刑事の苦悩に樋口は気づいた。島崎は実の息子を殺人犯だと疑っているのだ。捜査官と家庭人の間で揺れる男たち。本格警察小説。

今野敏著
武打星

武打星＝アクションスター。ブルース・リーに憧れ、新たな武打星を目指して香港に渡った青年を描く、痛快エンタテインメント！

内田幹樹著
操縦不能

高度も速度も分からない！ 万策尽きて墜落を待つばかりのジャンボ機を、地上でシミュレーターを操る、元訓練生・岡本望美が救う。

逢坂剛著　**相棒に気をつけろ**

七つの顔を持つ男と、自称経営コンサルタントの女……。世渡り上手の世間師コンビが大活躍する、ウイットたっぷりの痛快短編集。

大沢在昌著　**らんぼう**

検挙率トップも被疑者受傷率120％。こんな刑事にはゼッタイ捕まりたくない！　キレやすく凶暴な史上最悪コンビが暴走する10篇。

黒川博行著　**疫病神**

建設コンサルタントと現役ヤクザが、産廃処理場の巨大な利権をめぐる闇の構図に挑んだ。欲望と暴力の世界を描き切る圧倒的長編！

黒川博行著　**左手首**

一攫千金か奈落の底か、人生を賭した最後のキツイ一発！　裏社会で燻る面々が立てた完全無欠の犯行計画とは？　浪速ノワール七篇。

佐々木譲著　**制服捜査**

十三年前、夏祭の夜に起きてしまった少女失踪事件。新任の駐在警官は封印された禁忌に迫ってゆく――。絶賛を浴びた警察小説集。

佐々木譲著　**警官の血**（上・下）

初代・清二の断ち切られた志。二代・民雄を蝕み続けた任務。そして、三代・和也が拓く新たな道。ミステリ史に輝く、大河警察小説。

新潮社編
鼓動
―警察小説競作―

悪徳警官と妻。現代っ子巡査の奮闘。伝説の警視の直感。そして、新宿で知らぬ者なき刑事〈鮫〉の凄み。これぞミステリの醍醐味！

新潮社編
決断
―警察小説競作―

老練刑事の矜持。強面刑事の荒業。新任駐在の苦悩。人気作家六人が描く「現代の警察官」。激しく生々しい人間ドラマがここに！

志水辰夫著
飢えて狼

牙を剝き、襲い掛かる「国家」。日本有数の登山家だった渋谷の孤独な闘いが始まった。小説の醍醐味、そのすべてがここにある。

志水辰夫著
行きずりの街

失踪した教え子を捜しに、苦い思い出の街・東京へ足を踏み入れた塾講師。十数年分の過去を清算すべく、孤独な闘いを挑むが……。

白川道著
終着駅

〈死神〉と恐れられたアウトロー、視力を失いながら健気に生きる娘。命を賭けた恋が始まる。『天国への階段』を越えた純愛巨編！

真保裕一著
繋がれた明日

「この男は人殺しです」告発のビラが町に舞った。ひとつの命を奪ってしまった青年に明日はあるのか？　深い感動を呼ぶミステリー。

帚木蓬生著
逃　亡（上・下）
柴田錬三郎賞受賞

戦争中は憲兵として国に尽くし、敗戦後は戦犯として国に追われる。彼の戦争は終わっていなかった――。「国家と個人」を問う意欲作。

帚木蓬生著
ヒトラーの防具（上・下）

日本からナチスドイツへ贈られていた剣道の防具。この意外な贈り物の陰には、戦争に運命を弄ばれた男の驚くべき人生があった！

帚木蓬生著
三たびの海峡
吉川英治文学新人賞受賞

三たびに亙って〝海峡〟を越えた男の生涯と、日韓近代史の深部に埋もれていた悲劇を誠実に重ねて描く。山本賞作家の長編小説。

帚木蓬生著
閉鎖病棟
山本周五郎賞受賞

精神科病棟で発生した殺人事件。隠されたその動機とは。優しさに溢れた感動の結末――。現役精神科医が描く、病院内部の人間模様。

久間十義著
刑事たちの夏（上・下）

大蔵官僚の不審死の捜査が突如中止となった。圧力の源は総監か長官か。官僚組織の腐敗とその背後の巨大な陰謀を描く傑作警察小説。

道尾秀介著
片眼の猿
―One-eyed monkeys―

盗聴専門の私立探偵。俺の職業だ。今回の仕事は産業スパイを突き止めること、だったはずだが……。道尾マジックから目が離せない！

新潮文庫最新刊

谷川俊太郎著
トロムソコラージュ
鮎川信夫賞受賞
ノルウェーのトロムソで即興的に書かれた表題作、あの世への旅のユーモラスなルポ「臨死船」など、時空を超える長編物語詩6編。

安東みきえ著
頭のうちどころが悪かった熊の話
動物たちの世間話に生き物世界の不条理を知る。ユーモラスでスパイシーな寓話集。イラスト14点も収録。ベストセラー、待望の文庫化。

湯川　豊著
須賀敦子を読む
読売文学賞受賞
イタリアを愛し、書物を愛し、人を愛し、惜しまれて逝った作家・須賀敦子。主著を精読し、その人生と魂の足跡に迫る本格的評伝。

平松洋子著
夜中にジャムを煮る
つくること食べることの幸福が満ちる場所。それが台所。笑顔あふれる台所から、食材と道具への尽きぬ愛情をつづったエッセイ集。

池谷裕二著
受験脳の作り方
―脳科学で考える効率的学習法―
脳は、記憶を忘れるようにできている。そのしくみを正しく理解して、受験に克とう！――気鋭の脳研究者が考える、最強学習法。

黒川伊保子著
運がいいと言われる人の脳科学
幸運を手にした人は、自らの役割を「責務」ではなく「好きだから」と答える――脳と感性の研究者が説く、運がいい人生の極意。

果《か》　断《だん》

—隠蔽捜査2—

新潮文庫　こ－42－6

平成二十二年二月一日発行
平成二十三年十一月十五日九刷

著者　今《こん》野《の》敏《びん》

発行者　佐藤隆信
発行所　株式会社　新潮社
郵便番号　一六二―八七一一
東京都新宿区矢来町七一
電話　編集部(〇三)三二六六―五四四〇
　　　読者係(〇三)三二六六―五一一一
http://www.shinchosha.co.jp

印刷・錦明印刷株式会社　製本・錦明印刷株式会社

ISBN978-4-10-132156-1　C0193